KB118524

뚱한 펭귄처럼 걸어가다 장대비 맞았어

박세랑 시집

문학동네시인선 165 박세랑

뚱한 펭귄처럼 걸어가다 장대비 맞았어

시인의 말

거울이 뻐드렁니를 드러내고
컹컹 짖어대며 말한다

얼굴맛 좀 볼래?
립스틱처럼 벌겋게 바른
웃음을 보여줄까?

2021년 10월
박세랑

하늘은 주황색인데 눈두덩은 보라색이던 날

아무도 연락받지 않아
붉은 맨발로 거리를 쏘다니던 날

차례

2부 갖고 놀다 쉽게 버릴 수 있는
일회용 장난감만 만나야지!

1부

살아본 적 없는 내 미래를
누가 부러뜨렸니?

마녀의 거울

오늘은 입술이 귀에 걸린 약속이 있지

옆집 할머니한테 물려받은 것까지
내 얼굴은 팔십 개가 넘는데, 표정 관리는 어느 뷰티 숍
에 맡길까?
소풍 가기 딱 좋은 날씨인데

밤 열두시
자잘한 모래 알갱이들마저 떠들썩한 동굴 속
누구더라?
풍선껌처럼 실컷 부풀려 씹어대다
바닥에 쩍쩍, 내 가슴 뱉어놓고 저 혼자 달아난 게
청문회를 열자마자 손톱자국이 이차함수 포물선을 그리
며 타내려오고
홍수가 나면 이 세상 짝이 없는 것들은
방주에 올라탈 수 없다는데,

추락하는
날 봐!

온 동네 전봇대마다 코를 킁킁대며 돌아다니던 너희 집
개는
일어나, 똥 치우고 밥 내놔, 목적이야 분명하겠지만

나는 얼굴 한두 개쯤은
더 깨져도 안 아픈데

마늘과 쑥으로 엮어낸 해골브라와 도꼬마리 테이프를 좌
악 뜯어 붙인 망토를 두르고
네 심장 파먹을 숟가락은 왼쪽 호주머니에
영혼을 싹둑 날려먹을 전지가위는 오른쪽 호주머니에
굶주린 혀들은 오드콜로뉴 뱀딸기를
핏물 그렁그렁한 마스카라는 최대한 청승맞게

가족이 되고 싶었어요

룰루랄라 대문을 나서며 본능이랄 게 무어람
살아 있는 것들이란 어쩐지 귀찮아!

이 팔에 십육 삼 팔에 이십사 불어나는 개똥밭

알리바이가 없는 가로수에게
영원히 잠만 자는 저주를 걸어본다

뚱한 펭귄처럼 걸어가다 장대비 맞았어

난 웃는 입이 없으니까 조용히 흘러내리지
사람들이 웅덩이를 밟고 지나가
더 아프려고 밥도 꼬박꼬박 먹고 알약도 먹어
물처럼 얼었다 녹았다 반복되는 하루
친구라도 만들어야 할까? 우동 먹다 고민을 하네
무서운 별명이라도 빨리 생겼으면 좋겠다

약 먹고 졸린 의자처럼 찌그덕삐그덕 걷고 있는데
사람들은 화가 나면 의자부터 집어던지네
난 뾰족하게 웃는 모서리가 돼야지
살아본 적 없는 내 미래를 누가 부러뜨렸니!
약국 가서 망가진 얼굴이나 치장해야지
뒤뚱뒤뚱 잘못 걸어야지

난 은밀한 데가 조금씩 커지고 있어
몸은 축축해 곰팡이가 넘치는 벽이 되려고 해
사람들이 깨트리기도 전에
계란 프라이처럼 하루가 누렇게 흘러내리고
탱탱하게 익어가는 구름들아 안녕
누가 좀 만져주면 좋겠지만

뚱하게 걷다보면 장대비가 내리고
집에 뛰어들어가도 계속 비를 맞는다

터진 수도관을 고칠 수 있는 사람들이 없다 난 자꾸 흘러
넘치는데 바닥을 닦아낼 손이 안 보이는데

갈 데가 없어 혼자 미끄럼틀을 타면
곁을 지나가던 어깨들이 뭉툭 잘려나가지
떨어진 난, 공처럼 어디로 튈지 모르겠지만

굴러라, 사과

새하얀 셔츠들이 빌딩에서 나를 내려다본다 방금 한 빨래처럼 차가운 웃음 방울을 뚝뚝 떨어트린다 날아가버릴 듯한 자세로

빨랫줄에 매달려 말라가는 감정들

문턱에서 미끄러진 내 기분은 바닥을 치는데 데친 문어는 술안주로 썰어대기 딱인데 계단을 높이높이 올라간 저 애들은 어쩜
얼굴이 환할까

앰뷸런스는 실족한 사람들을 위해 질주한다 총구 같은 입술로 앞서가는 애들을 탕탕 쏘아댄다 뒤통수는 남아나질 않고
피라미드를 악착같이 기어오른다

길바닥에 떨어진 저 가죽은 누군데?
속이 텅 비어버린 난 동네북이지(얼룩진 소리들만 둥둥 퍼뜨리고 몇 달째 사라지는 그늘이다 비틀어도 전혀 휘어지지 않는 플라스틱이다 영업용으로 미소나 팔고 다니는 스무 개가 한 세트인 낯짝이다 나 좀 실컷 낳아주세요 꼭이요! 무릎 꿇고 빌었던 것도 아닌데…… 여기저기 빌붙어서 살아야 하는 미라다)

비누칠도 안 했는데
거품 물고 쓰러져서 부글부글

개천에서 손등 부르터라 빨래를 해도 용은 안 나온다

집에서 미온수로 깨끗하게 빨아서
신분 세탁한 쟤들은 이마가 하얗게 빛나지만, 금방 한 빨
래들은 축축해서 불이 잘 안 붙는다 그걸 눈치챈 내 인생
이 좋다

빳빳하게 마르고 나면 전부 불태워버리고

꼭지가 똑 떨어진 난 사과 없어요

눈높이 선생님

거짓말을 밥먹듯이 하는 기지배야
소화제를 몇 알이나 더 까줘야 하니?

덧셈 곱셈 뺄셈은 껌이다
너무 쉽다
오늘도 학습지에 엉뚱한 숫자들만 그려넣었지

거울을 보면 어금니 네 개가 동시에 빠지는 꿈을 꾸고
무너져내린 크리스털 글라스, 와작와작 내 얼굴 과자

파티용 드레스를 수시로 갈아입으며
문지방에 다소곳이 앉아 기다렸어요 덩치 큰 고양이수염
포르쉐를 탄 백작님을 말이야
내가 엄마의 세번째 남자친구에게
반해버린 우스운 꼴이란

다섯시 반, 초인종이 정확히 두 번 울리고
눈높이 선생님은 주간 학습지를 배달하러 왔어요
산수 능력은 육 개월째 평균 미달, 오답이 속출하는 가
운데
그 아이 생사 확인은 잊지 않아요

반복 학습이 성적에 미치는 영향보다

반복 학습이 성격에 미치는 영향에 대해

관심 없으면서 나한테 아무 관심 없으면서!
밥그릇 속으로 토끼 귀가 한 움큼이나 떨어졌는데, 놀라
서 오뚜기 3분 카레 다 토해낸 것 좀 봐요

빨간 모자가 내 성장판을 닫았는데요

도둑고양이가 우리집 쓰레기통을 언제 뒤졌나, 가지 마
세요
덧셈 곱셈 뺄셈은 하나도 몰라요 사라진 것들이 제자리
를 찾을 때까지
같이 해요 스티커 인형 놀이

선생님은 왜 이렇게 예뻐요?

인형 병원

불량품으로 태어나 흥청망청 놀고 다녀요

기계처럼 뛰던 심장이 지직거리고

시끄러워진 수다나 치료하러 병원 가야지!

울어야 할 순간에 웃음이 폭발하던 날

여기저기 당한 일은 많은데…… 갈 데가 없어서 나풀나풀 돌아다녀요

새로 산 물건처럼, 포장도 뜯기 전에 부서져버리고

떨어진 영수증은 멀리 날아가는데

거울 속에서 얼룩덜룩 웃음이 흩어져나와요

여러 갈래로 찢어진 내 목소리를 침대 위에 묶어둔

의사는 진찰을 시작해요

속 시끄러워진 라디오를 켤 때마다 이봐 거절당할까봐 무섭지?

그래서 아무한테도 연락 못하는 거지?

망가진 내가 어제 꾼 악몽들은 사실

오래전에 전부 겪었던 일들이라고…… 중얼중얼 혼자 떠들어대요

맞아도 꿈적 안 하니까 날아오는 돌덩이들

때린 사람은 아무도 없는데

맞은 사람만 넘쳐나는 병원에서 머리하고 구두를 신고

비틀비틀 연습한 악필들만 보여줄래요

바가지 머리

누가 내 머리 좀 먹음직스럽게 깎아주세요 재봉을 잘못한 인형이거든요 표정이 굳은 식빵이라서 아무한테도 안 팔리거든요 집집마다 걸쳐놓은 애인들은 우주로 이사갔나봐 필요할 땐 주파수가 안 잡히거든요 밀린 공과금에 목구멍이 꽉 막힌 하수도에 눈앞이 빙글빙글 돌거든요 배고파서 만두 소세지 유부남을 한꺼번에 우물거리며 시식 코너를 한 바퀴 빙 돌고 나면 배짱이 두둑해져요 콩팥에 붙은 혹덩이처럼 덜렁덜렁 달고 다니기 불편한 남자들 골라먹는 재미가 있어요 두부처럼 하얗고 깍듯한 애인 건져먹을 건덕지도 없어서 맹탕인 애인 누가 싫증나서 내다버린 의자 위에 올라타 찌그덕삐그덕 밤새도록 놀다가 추락했는데 또 밑바닥이네? 바닥을 벗어나면 더 캄캄한 밑바닥이 기다리는데요 발냄새 나서 걸어찼더니 입냄새 나는 두꺼비가 종일 들러붙는데요 빨랫줄에서 떨어진 불알을 달고 허겁지겁 쫓아오는 남자들 살려고 열심히 쫓아가다보면 개처럼 쫓겨날 일도 생겨날 텐데 뻐끔뻐끔 이산화탄소나 내뿜으면서 공기를 탁하게 만들고 있어요 콘크리트처럼 겹겹이 쌓아올린 하늘을 구경하다 돋보기로 지붕들을 태워먹어요 쭈글쭈글 헐렁한 입술보다 츄파춥스가 훨씬 달콤할 텐데 머리가 뻗친 잡초들은 여기저기 짓밟혀도 잘만 클 텐데 찢긴 낙하산을 타고 싹둑싹둑 날아다니다

씨익 웃고,

버르장머리 없이 살아야지

빗자루

미용실에 가면
전지가위 입에 물고 있는 언니를 조심하자

눈이 퀭한 나무막대처럼
빠진 이를 드러내며 난 거울 앞에 앉았다

악몽은 전염되는 거 몰랐어?

밤은 길게 자란 머리카락을 눈앞에서 흔들어대고
언니는 가위를 휘두르는데

뒤엉켜서 뚝뚝 끊어지는 발음으로 사람들한테 말도 걸고
밥도 먹고 여기저기 어울리려다 브레이크가 고장나 쭈욱 미
끄러지면서 악몽을 밟았는데 ***착한 애가 사람을 짜증나게 해***
혼자인 게 무서워서 난 아무한테나 잘해준 건데 종이 인형
처럼 가지고 놀다 축축하게 젖으면 아무데나 버려지고……
지나가던 사람한테 무슨 일이 있었냐면요 덜덜 떨어대며 밤
낮으로 전화를 걸어대는데 배고파서 이 사람 저 사람 걸쳐
놓고 만나다가 ***바나나는 잔뜩 멍들어야 맛있는 거 알지*** 만
남은 자주 범죄로 이어지고

바닥이랑 천장은 왜 이렇게 가깝지

인정사정 볼 것 없이 깨져서 반짝이는데 인정사정 안 봐
주고 깨부수는 사람들은 똑같은 안경을 맞춰 썼는데 입 밖
으로 꺼낼 수 없는 고통이 말해질 때도 사람들은 보고 싶은
것만 보고, 믿고 싶은 것만 믿겠지! 약 먹고 아파서 비틀비
틀 쫓기다가

언니 내 머리는요?

펑!
　　　　펑!

　　펑!

악몽은 빗자루가 되어 공중으로 붕 날아오른다

나는 왜 뒤통수를 아무한테나 맡길까…… 웃고 떠들고 몰
려다니다보면 뒤통수는 왜 남아나질 않는 걸까 문은 계속해
서 열려 있는데 누군가를 믿으려면 힘이 있어야 하는데……
거울 속에서

우뚝 솟아오른 담벼락을 본다

무너지고 싶어 간신히 등을 비틀어보면, 언니는 중화제를
뿌린다 전염되면 소매 끝에 악몽을 대롱대롱 매달게 될까봐

벼랑

얼굴 뒤편에서 종이들이 물결치고

펼치면 무너져내리는 건물들이 보여

맨발로 쫓겨난 아이가 연필 끝에서 굴러떨어진다

집이 어디냐고 물었는데 풀썩 주저앉아 발작적으로 울음
을 터뜨리는 아이

괜찮니? 괜찮아? 묻는 말에 아이는 호흡이 가팔라지며 정
신을 놓치고

종이 위로 피가 뚝뚝 흐르는 금붕어를 쏟아낸다

빨갛고 무른 몸을 퍼덕이며 울음을 멈출 때

돌아갈 집에 누가 있는 거니

괜찮아 나한테는 말해도 괜찮아

겁에 질린 아이가 대답 대신 잘게 찢어진 숨을 몰아쉰다

창문을 전부 걸어 잠그고

사촌오빠의 젓가락이 속살을 헤집을 때

남은 한 점까지 은밀하게 발라먹을 때

아이의 벌어진 눈동자에서 압정이 흘러내린다

기억할 거야 절대로 기억할 거야

찢겨나간 장면을 온몸으로 꾹꾹 눌러박는다

어항은 깨진 채로 길가에 버려지고

뭉개진 저런 걸 누가 치우겠냐며

대낮에 도로 위에서 치여 죽은 금붕어를 못 본 척한다

아이를 안은 슬픔이 한쪽으로 치우쳐

걸어가는 어깨가 비틀리고

겪어보지 않으면 전부 남의 고통인 거지?

펄떡이는 비명을 손바닥에 올려놓는다

꽉 움켜쥐자 사방이 얼음처럼 녹아내린다

알리바이

나는 부뚜막에 먼저 오른
새침데기 고양이

다정한 입술로 우아하게 뜯어먹는
고등어는 맛있다

나한테 여섯 번이나 차인 남자애가 팬티를 뒤집어 입고
베란다에서 뛰어내린 발목을 자꾸만 배달시켜도
오른쪽보다 한 치수 작은 왼쪽을 더 좋아한 거 아니었니?
내 가슴이 짝짝이라고 동네방네 소문을 내도

입이 삐뚤어진 반장 계집애가
너 어젯밤 울고 있는 내 남친 만났지?
전화기 사이로 튀어나와 사시사철 머리끄덩이를 잡아당
겨도
선생님이 출석부에 없는 내 이름 위로 좍좍 두 줄 그어도

가위로 앞머리를 자른다는 게 내 눈썹 내 면접시험 내 합
격 수기까지 몽땅 베어먹은 미용실 아줌마는
어때? 앞이 훤하지? 더 잘 보이지?

불행은 사소하고
언제 떨어질 지 예측할 수 없는 롱 래시 실크모

가짜 속눈썹 같지만

접시 위에 늘어뜨린 나의 고등어는 아름다워

지퍼가 고장난 옆집 오빠 얼굴을 몇 개비 피워대다
속치마를 태워먹은 소녀들의 세계는 아찔해

얌전한 고양이는 실은
바닥을 나뒹구는 얼음냄새가 무서워 부뚜막에서 내려갈
줄을 몰라

눈을 깜빡깜빡,
가냘픈 포즈로
처음 만난 고등어처럼 네 입술 물어뜯는데

치렁치렁 비린내가 머리카락을 땋고 있는 오늘은
화창한 소녀의 날씨

먹으면 연필이 되는 바나나

서랍을 열면 입꼬리 길쭉한 연필들이 쌓여 있어

뽀족해!
어딜 자꾸 찌르는데?

앞니가 툭툭 부러지도록 기억과 기억들이 부딪치며 싸운다 나를 찔러대는 연필심들이 나를 회복시킬지도 몰라 곪아가던 상처가 터져나오고 터진 것들은 사방을 더럽힌다 꼭지가 물렁한 바나나처럼 흉터는 까맣게 익어간다 길쭉하게 뜬 눈으로 세상을 도려낸다

사물이 된 눈빛으로

사각사각 소리들을 그린다 찢어진 새들이 날아오른다 창문처럼 쨍쨍 깨진 눈알들을 그린다 내가 아는 옆방들은 유리창을 키운다 창문은 어둠을 동그랗게 치켜뜨고 창틀은 겁탈을 히죽히죽 구경한다 창문은 고여 있는 물을 마시고 창틀은 방치된 시체처럼 쪼그라든다 쓰레기를 함부로 버리지 마시오! 컹컹 짖어대는 창문들 옆집의 옆집은 깨진 물건들을 내다버린다 터진 비닐봉지에서 이상한 냄새를 풍기며 눈빛들이 쏟아진다 햇빛 좋은 날 폭력은 더 잘 보이고

거기 아무도 없어요?

일요일 오후에는 채널들이 휙휙 돌아가고

창문이 떨어대면
온몸은 심각하게 더 흔들리는데

연필 끝에서 초점 없는 시선들이 툭툭 떨어진다 나만 아는
죄의 목록을 연필들이 줄줄이 외우고 있어 꼭지가 시퍼렇게
물든 난 아무도 베어 물기 싫은 문장들이야 햇빛을 한 꺼풀
벗겨낼 때마다 온몸은 피가 낭자한 운동장이야 속살은 뭉개
지고 껍질만 덜렁덜렁 걸어다니는 바나나야 밟으면 끝도 없
이 미끄러지는 알리바이야 아귀가 맞지 않아서 누가 열다가
부서뜨린 창문이야 깨끗하면 아무도 나를 못 만질까봐 드나
들던 발자국이 심하게 훼손하고 간 방바닥이야

누가 방문이라도 두드릴 줄 알았니?

듣는 귀가 없어서 나 혼자 볼륨 크게 높이고, 비틀린 서랍
속에서 튀어나온다

발랑 까진 치부처럼 왜 자꾸 웃고 있니?

연필들이 달려와 찔러대는데

쭈쭈바를 빨면서

나를 훌렁훌렁 벗어던지는 줄넘기 좋아합니다
때 빼고 광내는 사우나를 좋아합니다
그러니 엄마, 지우개로 내 몸을 빡빡 문지르지 마세요 검
정 페인트를 얼굴에 통째로 들이붓는대도 소용없어요

핑크색 팬티를 입고, 도처에 굴러다니는 안녕들에게 인
사합니다 가여워라 당신 손바닥은 내 발등에 떨어진 단풍
잎처럼
벌레 먹은 갈색이군요

이해합니다 이해해요 내 전부를 망쳐서라도 당신들에게
웃음을 선사할래요 오버 아닌 오버로 송곳니는 점점 더 뾰
족해지고

이것 봐라, 넌 이제 길들여진 고약한 짐승이구나!
집에 가다 체육 선생님께 우연히 얻어먹은 쭈쭈바가 입가
에 묻은 지조와 자조를 꽁꽁 얼어붙게 만들고

냄새나는 체육복은 어디 가서 빨아요?
우리집에 변기가 고장나서요 밤낮으로 줄줄 새다가 수도
관이 터졌는데요 산란기에 흥분한 엄마는 사냥 가고 집에
없고요

사마귀는 끝나자마자 머리에서 발끝까지 남자를 홀랑 뜯
어먹는데 나는요 자기 덩치보다 더 거대한 식욕이 끔찍해
서요
 손가락 대신 쭈쭈바나 빨면서 자랐는데요
 엄마 대신 쭈쭈바가 나를 키웠거든요

 눈물점이 짙은 고양이, 굶어죽지 않으려면 온몸을 던져
키득키득 빛바랜 웃음이나 토해내면 될까요
 혀를 길게 빼고 우는 짐승들의 품은 따뜻할까요 달아올라
끈적한 쭈쭈바를 빨면서 놀고 싶어요
 멀어지는 뒷모습들을 쫓아가 핥아주고 싶어요

 난 점점 더 어른스럽게 웃고 싶은데
 단추를 떨어트린 마음들은 왜 몰라주는 걸까요?

기념일

상자를 열면
꺼지라고 슬리퍼를 집어던지는 와자지껄 당신이 보여요
소매 끝에 질질 매달린 내 손목이
칼을 물고 희미하게 웃고 있네요

이빨 사이에 낀 부추나 시금치처럼
감쪽같은 선물로 잘못을 은닉하고 싶겠지만
그래서 자꾸만 슬리퍼를 벗어 머리통을 갈겼겠지만

오늘밤 나는 새파란 드라큘라처럼
당신의 꿈속에 발톱을 끼워넣을래요
송두리째 가위질할래요

상징도 은유도 없이 맨발로 구걸이나 하는
네 사랑은 가당키나 하니?
버려진 구두끈으로 부드럽게 잠긴 기린의 목을 배배 꼬아
인생을 꽈배기로 만들어줄까봐

저멀리 달아나는 일요일엔 세탁기 물을 받고
잘 먹고 잘 싸는 당신 얼굴과 달아오른 과육처럼 필사적
으로 핥아대는 애인의 궁둥이를 집어던집니다 하나, 둘, 셋,
어떡하니?

탈수 버튼을 누릅니다

하수구가 난폭하게 빨아마시는 머리카락과
흐물흐물 뒤엉켜서 소화가 안 되는 사람

귀가 밝은 개들은 매일 밤 오금이 저려서
멸망한 대륙이 떠오르겠지
누가 울다 갔는지 지구는 목덜미가 축축하겠지

빨랫줄에 발가벗긴 당신을 널어놓고
집게로 냄새나는 입술을 쫘악 당겨 집으면

고무줄이 늘어난 팬티 속에서 *사랑해애 사랑해애애* 꿈 밖
으로 새나가는 비명

나는 어쩐지
기분이 좋아서

으깨진 가재처럼
발목이 킬킬거려요

2부

갖고 놀다 쉽게 버릴 수 있는
일회용 장난감만 만나야지!

토스터에서 식빵 대신 주먹이 튀어오르던 날, 마녀는 오이를 썰어 피클을 담갔지

남편에게 보랏빛 눈두덩을 선물받은 날

옆구리에서 방울뱀이 내장처럼 기어나온 날

누가 먼저 폭발할지 뜸들이는 거니?

압력밥솥에서 뜨거운 욕설이 터져나오고

청소기는 비명을 순식간에 휭 빨아당기네

연애가 직업이 되고 결혼은 상품이 되었다지만

내가 길가에 놓인 쓰레기통이니?

여자밖에 팰 줄 모르는 쓰레기들만 줄줄이 받아주게……

마녀는 자선사업가가 아니고 환경미화원과도 거리가 멀다네

치워도 치워도 끝도 없이 뒤가 지저분한 남편을

유리병에 가둔 채로 찬장에 세워두었네

기념비처럼 구경하다가…… 발길이 뜸해지면

병에 갇힌 남편은 짠내를 폴폴 풍기면서 쪼그라드는데

복날에 시든 오이를 물에 만 밥에다가 올려 먹는 일

따위를 우울한 이모들은 줄곧 해왔겠지만

나한텐 어림도 없지! 찢긴 자국과 멍든 개수만큼 위자료
를 두둑하게 챙겨서

렌트한 페라리를 몰고 훌쩍 떠나는 아침이네

한남동 17-7번지 현대 나 주택 301호 저녁 밥상은 누가 차렸나

빽빽 울어대는 입에 공갈 젖꼭지를 물리고
비켜주세요 구급차가 지나갑니다
어린이집에서 혼자 놀다 지친 아이의 잠투정을
진옥씨는 장바구니에 신속하게 담아갑니다
회사에서 정시 퇴근하며 눈칫밥을 실컷 퍼먹었더니
속이 더부룩하고 위장이 뒤틀리는데요
유부녀는 이래서 도움이 안 된다니까
팀장의 눈초리에 참아왔던 방광이 빵빵하게 차오릅니다
이층 화장실에서 발각된 몰래카메라에 진옥씨의 방광염
은 만성인데요
아이를 둘러업고 뛰다가 버스에서 지하철로 갈아탑니다
땀이 범벅된 얼굴로 요동치는 방광을 꽉 움켜쥡니다
지하철 손잡이에 매달려 이리 흔들 저리 흔들
등뒤에선 삐뽀삐뽀 사이렌이 요란하게 울려댑니다
아이가 낮에 먹은 우유를 왈칵 게워내자
사람들은 코를 쥐고 눈알을 부라리는데요
맘충이 어디서 기어나왔대?
2호선만이라도 노 키즈 존으로 지정하라고요!
퇴근 시간이 맞물려 지하철은 찜통처럼 가열되고
부패한 진옥씨의 속에 파리가 잔뜩 꼬여듭니다
역에서 내려 뛰어가는 뒤꿈치가 사과 껍질처럼 벗겨집니다
스쿠터가 진옥씨의 장바구니를 슬쩍 치고 지나가자
달걀과 함께 굴러떨어진 비명이 툭툭 깨지고

아스팔트 위에서 노랗게 곪아터진 방광이 지글지글 타들
어갑니다
  된장 뚝배기 속에서 피로와 염증이 끓어 넘치고
  퇴근한 남자는 숟가락으로 진옥씨의 몸을 휘휘 저어대다가
  부어오른 미더덕을 건져내 잘근잘근 씹어댑니다
  비릿한 바다냄새가 난다며 술잔을 기울이는 밤입니다

밤길

누가 뒤에서 쫓아온다
숨을 헐떡이면서 점점 가까이 쫓아온다

긴 머리에 힐을 신고 쫓기던 여자는 비명을 지르기도 전에 저항하기도 전에 덜컥 붙잡힌다 붉은 도마, 내리치는 시계추 둔탁한 파열음이 골목 끝으로 재빠르게 숨어든다 뒤집힌 생선처럼 여자는 축 처진 어깨를 파르르 떨어댄다 굶주린 개들에게 실컷 물어뜯긴 여자의 뼈가 차곡차곡 봉투 속에 담긴다 한데 뒤섞여서 웅성거리다

검은 봉투가 팍! 터지면서 전쟁도 고통도 없는
몸짓으로 여자들이 날아오른다

누가 밤길을 위험하게 만드는 건데? 재봉선이 안 맞는 팬티를 벗어던지고 화장으로 덕지덕지 쌓아올린 얼굴도 벗어던지고 야야 소각장으로 나와 우리 같이 공놀이하자 굴러다니는 저 공들을 잡아 터트리고 싶어 야구 배트로 그날 밤 우리가 겪은 일들을 날려버리자 공들이 이리저리 튀면서 우리 뒤통수를 가격했잖아 불알 두 쪽을 흔들면서 쫓아오던 동네 개들이 데굴데굴 굴러가며 짖어대는데

전봇대 아래 비닐봉지 안에서
페트병은 녹아 흐르고 쇳조각은 점점 달궈진다

비슷한 아픔이 있어서 겪은 일이 많아서 우리는 한데 모여들었지 여기 최초의 목소리가 발생한 지점으로 분리수거된 여자들이 더 크게 몰려들고 있다 붕대처럼 칭칭 감긴 길을 풀어헤치자 곪아터진 상처들이 보도블록처럼 튀어오르고 급정거하던 차들이 추락하게끔 도로의 허리가 끊기고 있다 길가에 쏟아져나온 일회용 접시들 망가진 옷걸이들 코르크 마개들이 무리 지어 힘껏 날아오른다 날갯짓을 흩뿌리듯이 밤길을 뒤덮으며 앞으로 앞으로 뻗어나가면

너희는 무서울 정도로 아름다워
닿은 이 빛이 세상의 싸늘한 호의라 해도

고장난 가로등 불빛들이 하나둘 켜진다

진화하는 영혼

심장에 피어싱을 뚫어버리고

발목을 휘감던 치마와 구두끈을 잘라버리고

태어나고 싶어서 태어난 건 아니라고요

난리통에 허락도 없이 탄생한 내가 고아인데 과부라고요?

누굴 만나기 시작하면 몸이 전쟁터로 발가벗겨지는데

질이 꽉 막힌 코르크 마개도 아니고

오프너로 돌려 따다 폭발할 순 없는 건데

전쟁이 끝날 즈음엔 자궁에서 방광까지 싹둑싹둑 잃을지
도 모를 여자들이

집집마다 노랗게 익어가고 있다

탱탱한 오렌지일수록 더 까기 힘든 거 아니?

동의도 허락도 없이 휘두르는 과도에

훼손당한 몸뚱이로 데굴데굴 굴러서 병원에 가면

한 번도 망가진 적 없는 얼굴이 다시 태어나 고아가 되고
과부가 되고

이런 걸 평생을 반복해야 한다고요?

결혼이란 걸 또 하게 될까봐 무서운 거지

피어싱이 박힌 심장을 북처럼 둥둥 두들기면서

여자들의 함성이 여기저기 모여들고 있다

살아 날뛰던 상처들이 큰 목소리로

아직 덜 깨어난 상처들을 흔들어 깨우고 있다

형벌

시뻘겋게 뭉개진 채로 울지 좀 마

숨을 몰아쉬던 아이는
흘러내린 초경에 치를 떨어댄다

이제 임신할 수도 있는 거잖아

피할 수 없어서 당하는 게 아니다
은밀한 폭력이 가정에서 발생할 때는

약속처럼 방문이 잠기고 사내의 거대한 그림자가 덮쳐오
면 아이의 입에서 비명 대신 붉은 금붕어가 흘러나온다

일순간 세상은 깨진 수조 같아서
몸부림칠 때마다 파편이 살갗을 파고들고

(오빠?)
　　(뻐끔?)
　　　　　　(오빠?)
　　(뻐끔?)
(뻐끔!)
　　(뻐끔!)
　　(오빠!)

소리를 질러봐도 듣는 이는 아무도 없다 젖어 흐르는 저 몸뚱이를 누가 데려가서 키울 건데? 밥도 주고 물도 주고 누가 돌볼 건데? 괜히 신고했다가 저 남자가 칼이라도 들이밀면? 귀가 먼 동네 사람들이 하나둘 문을 걸어 잠그는 동안

사내의 손아귀에 꽉 붙들린 아이는
지느러미를 힘없이 벌벌 떨어대다가

붉은 어항에 다시 갇힌다

힘들지 힘들어서 어떡하니…… 그동안 아무도 건네지 않은 말을 아이가 스스로 중얼거릴 때

깨지는 동공 벌어지는 지느러미
형벌이 진행되는 방

뭉크러진 입에서 소리없는 비명이 뻐끔뻐끔 새어나와
거리를 벌겋게 적시며 떠내려가고

용서는 아이의 몫이 아니다
터져 흐른 초경을 아무도 축하하지 못할 때

대면

찢어진 우산 하나가 도로에 서 있다

허리춤에서 꺼내 휘두르는 혁대처럼
세찬 빗줄기가 찰싹찰싹 우산을 때리고 있다

가린다고 해결이 돼?
무얼 숨기려고 우산을 뒤집어쓴 건데?

택시와 버스, 자가용을 탄 사람들이 사건의 표면 위로 미
끄러지고 있다 우산 아래 여자의 윤곽을 상상하면서 아 저
얼굴이구나, 저렇게 생겨서 그런 일만 당했구나

고여 있던 빗물을 바퀴들이 스치자
여자의 비명이 웅덩이를 흠뻑 뒤집어쓰고

우산 밑에는 한 사람만 서 있는 게 아니다 촘촘하게 뻗어
나간 거미줄처럼 저 여자 가족들 친구들 직장 동료들까지
검색하면 줄줄이 다 걸리는데 그걸 공유하고 퍼트리기까지
십 초도 안 걸리는데

공개 처형이라도 시작된 것처럼, 도로 한가운데로 떠밀려
나온 우산을 서로 치겠다고 차들이 추월하고 있다

아스팔트 위로 벌겋게 뭉개지고 있는 저 여자한테 누가 사 ⎯
과라도 하면 안 되나? **이봐요 사과는요 저 여자가 용서할 배**
짱이 있을 때나 가능한 거라고요 얼굴 없는 비명을 질러봤
자 아무 소용 없거든요!

　폭우처럼 검색어가 쏟아져내린다 부러진 우산살이 벼랑
을 향해 둥둥 떠내려가는데

　비명을 듣고도 급정거하는 차는 아무도 없고

　유출된 여자의 몸을 포르노처럼
　동시 상영하는 속보들

분리수거의 달인

잡동사니는 싹 다 버리려고요

분질러놓은 갈비뼈는 일반 쓰레기로

팔다리엔 폐기물 스티커를 부착해줘요

수박처럼 쩍 벌어진 머리통은 음식물로 처리했네요

오빠에게 휘어잡힌 머리카락을 한데 모아 뭉쳤더니 축구
공만하더라고요

쓰레기를 뻥뻥 찰 때마다 환호성이 터져나오고

심심해진 오빠는 면도칼로 그어대며 놀고 싶대요

얼굴이 찢긴 채로 도망쳐 나와 과자 봉지처럼 내용물을 와
작와작 쏟아냈더니

소문과 수다의 맛에 중독된 친구들이 몰려왔어요

*지수: 이미 맞아 죽었을 때 경찰이 들이닥치면 무슨 소용
인데?!*

은형: *백 일 이백 일 기념일 같은 거만 챙기지 말고, 흉터 자국이나 꼬박꼬박 적금처럼 챙겨놔*

민지: *그래야 합의할 때 유용하게 타다 먹는다~ 경험에서 우러난 충고인 거 알지?*

다영: *기왕 맞은 거 끝까지 버티다가 막판에 터트리는 거야 우리한테 한턱 쏘는 거 잊지 말고!*

부스러기까지 핥아먹은 친구들은 배를 두드리며 달아나요

내 얘길 받아주는 데가 더는 없어서 털레털레 집으로 돌아가면

오빠는 짝퉁 피규어처럼 내 몸을 조립하다 계속 부러뜨리고

전치 이 주 삼 주…… 입원 횟수가 마일리지 적립금처럼 쌓여가요

이젠 갖고 놀다 쉽게 버릴 수 있는 일회용 장난감만 만나야지!

— 콧노래를 흥얼거리는 오빠는

쓰레기를 착착 정리해서 버리는 분리수거의 달인이에요

—

누가 너를 이토록 잘라놓았니

응급실에서 눈을 뜬 아침, 절망이 동공을 힘껏 긋고 지나가는데 등이 구부정한 아버지가 곧 사라질 것처럼 희미한 표정으로 내 곁에 앉아 있다 애야 무엇이 왜 이토록…… 너를 고통스럽게 만들었니 병실 침대맡에서 아버지의 눈빛이 흐릿하게 묻고 있다 아버지 달이 자꾸만 커지는 게 무서워서요 새벽녘에 커다란 보름달이 목을 졸라댔거든요 자세히 보니 달은 창백하게 얼어붙은 내 과거의 눈동자였어요 그걸 쳐다보고 있자니 동공이 깨질 듯이 쓰라려서요 싸늘하게 겪은 일과 시퍼렇게 당한 일 사이에 걸터앉아서 손목을 사각사각 깎아냈을 뿐인걸요 연필 가루처럼 떨어지던 피가 어느새 통통한 벌레로 변하더니 바닥을 기어다니던데요 말할 수 없는 고통을 기어이 발설하기 위해서 뾰족하게 깎아지른 손목으로 나는 또박또박 상처를 기록합니다 **한 번도 사랑받지 못한 존재들만 골라가며 사랑했어요** 나를 좋아하지도 않는 사람을 불쌍해서 좀 안아줬더니 결국엔 뺨을 치고 주먹을 날리던걸요 만삭처럼 부풀어오르는 비명 속에서 폭력은 예고 없이 태어나 칭얼대고요 어르고 달래던 결핍은 무럭무럭 자라나 손목을 토막 내는 취미가 생겨버렸죠 꿈틀꿈틀한 손으로 이렇게 아버지 곁을 기어다니면 되잖아요 창가에 서린 입김처럼 하얗게 내려앉은 아버지는 닦으면 닦을수록 흐릿하게 지워지는데 방안에서 너덜대는 손목을 기어이 발견해 병원에 실어나를 때마다 아버지의 눈빛이 자꾸 묻는다 무엇이 왜 이토록…… 너를 사랑하지 않았니

옥상 난간에서 떨어진
바람 한 짝을 주웠을 때

옥상 바닥에 짝이 엇갈린 채로 버려진 운동화가
날개를 파닥거리고 있다

끈을 조여 묶고 옥상 난간 끝에 올라서보는데

비명 같은 거 말고
차가운 함성으로 쏟아지면 좋겠어

난간에서 뛰어내리면 세찬 바람이 머리카락처럼 살갗을
파고든다 내가 왜 머리를 풀어헤치고 다니는 줄 아니?

보라색으로 물든 민낯이 점점 드러난다 상담소에 전화를
걸자 질문들이 쏟아지는데 어딜 맞았고 누구한테 맞은 건가
요? 남자친구한테요 아니다 아빠였나 오빠였나 선생님이었
나 둥둥둥 북을 치는 소리가 울려대는데 타악기는 죽은 짐
승의 가죽을 벗겨서 만드는 거잖아요 사람을 북처럼 두들기
거나 뺨을 함부로 치는 건 왜일까요 나는 악기가 아닌데요
짐승도 아닌데요 장단에 몇 번 맞춰줬을 뿐인데요

옥상 밖으로 떨어져도
운동화는 바닥에 닿지 않는다

둥둥둥 울리던 북소리를 휘감은 채로

다 타버린 돌멩이를 날개 사이에 숨긴 채로

발목을 놓친 새하얀 붕대가
떨어대며 비행하고 있다

끝없이 이어지는 추락을 멈출 수가 없어서

파란 말

가위질을 하자
빛의 잘린 눈꺼풀이 바닥 위로 떨어진다

왜 이렇게 아프지
거울 속에서 나를 보는 게

눈을 멀게 만드는 것은
닿은 빛이 반사되는 나의 어둠이었다

거울을 열고 상처의 캄캄한 안쪽으로 기어들면
파란 말이 있었다

물위로 떨어진 잉크처럼 어둠은 점점 뿜어져나와 우거진
숲으로 위장했다 길 잃은 말들이 숨어들기 좋을 공간처럼
보였다 파란 말은 지칠 줄 모르고 달렸다 말이 지나간 자리
마다 으깨지고 눌린 풀들이 점점 번져갔다 말은 몸속을 관
통해 질서 없이 뻗어나가는 풀숲 사이로 날쌔게 달렸다 말
이 도착한 곳은 내 심장이었다

파란 말이 들이받고 넘어졌을 때
나는 소리를 반사시키는 얇은 벽이 되었다

누군가 말로 툭 치면 주저앉아버리는,

심장은 희미하게 떨어대다 식어버린 새처럼 멍이 들었다

사람이 하는 말을 믿지 못해서
거울 속에 있는 자신도 믿지 못하고

내가 아닌 듯한 비명이 날뛰면서 갈기갈기 찢어지는데

아직 도착하지 않은 말들 중에서
가장 두려운 말은

너는 겪지 말았어야 할 일들을 너무 많이 겪었구나 하는,

상처를 기억하는 말
파랗게 뒤틀린 나를 깨부수는 말

액자

한 뼘 손바닥은 창문이 되고

내가 만진 것들을 열고 들어가자 진녹색 사람이 수초처럼 엎드려 있다 온몸에 번진 얼룩들을 하나둘 세다가, 불안으로 점점 증폭된 구름이 쏴아 쏴아 욕조 속으로 쏟아지고

빗소리를 이불처럼 덮고 잠이 들었어

물결 사이에서 달려나온 치타들이 사방을 뒤덮는다 빗방울이 지상을 향해 곤두박질치기 시작한다 철새들은 전보다 한층 낮게 날아다니고 언젠가 나를 위해 울어주던 사람이 등뒤에서 젖은 구름처럼 뭉개져 있다 지금은 있지도, 없지도 않은 사람의 눈빛을 꼭 닮은 고릴라 한 마리가 그을음처럼 번져내리고

심장이 쿵쾅대면서 떨어진 이곳은
당신이 그려놓은 굴뚝 안이고

검붉은 재로 뒤덮인 이 집은 곧 무너지겠지 폭풍이 한차례 거리를 휩쓸고 간 뒤에야 창문은 표정을 드러낸다 뾰족한 이빨처럼 돋아난 장면들을 읽다가 그만 손가락을 베였는데 사랑하던 사람은 자꾸만 살고 싶지 않다고 했다 살아가는 건 끝끝내 죽음으로 자신을 내모는 일인 걸까 텅 빈 액자

속에 들어가 몸을 웅크리고 누워보는데

　갈변한 얼굴들이 춤을 추고
　욕조 밖으로 기억이 주르륵 흘러내리는

　당신의 방이 사라지고 있다
　한 뼘 손바닥을 벽에 걸어둔 채로

미미의 우아한 디저트

폐쇄 병동에서 바라보는 창밖은
달궈진 오븐 속 같아
아스팔트가 녹은 캐러멜처럼 흘러내리고
뭉개진 구름 사이로 버터와 앙금이 터져나온다

세상을 잠시 잊으려고 상상이라는 진통제를 맞으면
미미는 달고 끈적한 디저트를
무한대로 만들 수 있지

잘린 손목에서 체리 시럽이 줄줄 흘러내리고
욕조 속을 떠다니던 미미를 뒤늦게 건져내 입원시켰지
미미가 사라지자 가족들은 둘러앉아 외식도 하고
가해하던 옛 애인들은 소송에서 벗어나
건배를 외쳐대며 밤거리를 돌아다녔지

미미는 아무도 열 수 없는 창문 앞에 앉아서
그늘을 생크림처럼 바르고 바람을 살살 끼얹는다
내 몸은 부드럽고 달아요
조각조각 잘라서 나눠 먹어도 좋아요
이미 난도질당해 떡이 된 케이크지만

피부 위로 까맣게 눌어붙은 개미들이
피딱지를 따끔따끔 갉아먹는 오후

격리된 미미는 손놀림이 우아한 파티셰가 되고

고통이 바싹하게 타들어가는 냄새가
아스팔트 위로 모락모락 피어오른다

아름다운 과거

짓밟힌 잔디처럼 누워 있던 목소리가 이곳저곳으로 번져가고 있다 말하고 싶지 않으면서도 끝내 털어놓게 되는 이야기들 여름의 잡초처럼 녹색으로 물들던 상처들이 점점 번져가다 파도가 된다 덮쳐오는 슬픔과 밀려드는 과거 사이에서 파도는 한 자락씩 푸른 늑대가 되어 밤하늘을 날아다닌다* 홀로 서 있던 빨간 등대가 늑대들에게 깜빡깜빡 신호를 보내면 우거진 여름 안으로 구불구불 날아드는 늑대들 숨기면 숨길수록 더 또렷해지는 불안이 보름달처럼 높이 떠오르고 우울이 거대한 흑등고래를 타고 천천히 떠내려온다 계속해서 덮쳐오는 해일과 파도 속에서 이야기는 뼈만 앙상하게 남았네 숨겨오던 불온한 상처들에 대해서 한 번쯤은 온전히 이해받고 싶었지 잠잠히 듣고 있던 당신의 동공 속에서 슬픔이 망각의 비로 흘러내린다 잔디와 파도와 늑대가 흑등고래를 타고 천천히 떠내려간다

* 미로코 마치코의 그림책『늑대가 나는 날』(유문조 옮김, 한림출판사, 2014) 제목에서.

제3부

굴러다니는 깡통처럼
신나게 밑바닥을 보여줘야지!

뾰족한 지붕들이 눈을 찌르고
귀마개를 뺐더니 아무도 나한테 말을 안 걸고

세면대 속 출렁이는 비명을 씻어내자
앞니가 두 개나 달아난 내가 뚱하니 서 있네
누구한테 자꾸 털리고 다니니?
내가 나를 털었는데요 어젯밤에 발작이 있었거든요
더러워진 손바닥과 구린내나는 발가락을
우리집 마녀에게 내민다
젖꼭지 캄캄한 엄마가 냄새를 맡고 뛰쳐나와
불심검문처럼 내 몸을 구석구석 더듬다
내일쯤 잡아먹으면 끝내주겠지?
먼지 쌓인 악몽이 내 피를 한차례 휩쓸다 간다
생각이 엉킬 때마다 머리카락은 무서운 속도로 자라고
검은 수초가 되어 발목을 넘어뜨리고
고무줄처럼 질긴 얼굴을 누가 잡아당기면
늘어나고 찢기는 나의 일상들
불안을 쪼그맣게 오려서 알록달록 꾸민다
미모를 갱신한 내가 약국으로 놀러간다
내 인생 하류를 통과하는
소화제를 한 움큼씩 집어삼키면
우와 시원하다! 몸에 찍힌 발자국들이 욱신거리고
눈 코 입 깨진 자리마다 후후 불면서
하트 모양 스티커를 붙이면 자신감이 생긴다
예쁜 건 내 잘못이에요!
열등한 건 더 열등한 것들을 만나 해결하라고

화장실 물을 시원하게 내려주면
가난하고 뻔뻔한 걸 낳아놓고
미역국을 사발로 퍼먹은 게 누구더라?
빠진 이를 마녀에게 드러내며 비웃어야지
굴러다니는 깡통처럼 신나게 밑바닥을 보여줘야지

프랑켄슈타인의 인기는 날마다 치솟고
너희는 약맛을 좀 아니?

나사들이 머릿속을 맴돌고 있어
불안이 피부 위로 돋아났어

그림자를 주워 입고 노을을 구경하는데
나는 왜 멀쩡한 걸까?

무서운 말도 장난처럼 쩍쩍 내뱉을 줄 아는데 의사는 맨
날 망가질 거래 조롱하는 입술처럼 젖꼭지가 점점 더 삐뚤
어질 거며 나에 관한 어떤 얘기도 꺼내지 않는다면 뒤집힌
물고기처럼
밤낮으로 불안에 시달릴 거래

혀를 쑥 내밀고 가로수에 매달려 지나가는 사람이나 깜짝
놀래키고 싶은데! 날개를 쫙 펼치고 찢어진 흉터처럼 날아
다녀야지 시퍼런 가위처럼 살아 있는 것들은 전부 오려내야
지 목말라서 헐떡이는 사람을 목매고 싶게 만들어야지 켜놓
은 가스불처럼 온 집안을 잿더미로 뒤덮어야지 앞만 보고
똑바로 걸어가도 삐뚤어지고

버텨야 할 중력이 내 인생을 흙탕물에 풍덩! 빠뜨리는데

더 추워지기 전에 나를 봉인하러 가야지 누가 베어간 콧
대를 이어붙여야지 입은 왜 달린 건데? 거대한 감옥에 뚫려

있는 쪼글쪼글한 구멍이 무슨 소용인 건데? 갇혀 있던 소문
만 새어나와 사방을 더럽히는데 수술대에 오르면 의사들은
링거 색이랑 오줌 색이랑 똑같다고 킬킬거리고 깨어나면 사
람처럼 우스운 것들은 절대로 안 믿어야지! 겨울밤이 어두
워져 사람이 사람을 닮아가는 줄도 모르고

번호표가 길어지는 병원 앞에서

회복해서 또 사는 게 무섭지도 않니? 알약은 어디서 녹
고 있을까 눈을 떴는데도 난 아직 깨어날 줄 모르고 시체냄
새 나는 향수나 칙칙 뿌리고 놀러가야지 아무하고나 사랑할
땐 흥청망청 넘어져야지 여기저기 부러진 자세가 훨씬 아프
고 재밌으니까 나보다 더 망가진 애들만 보면 심심하게 뒤
가 간지러워서

너덜너덜한 웃음이나 뒤집어쓰고
다 같이 모여서 수다나 떨래?

다짜고짜 키티가 좋아서
인형 뽑기 하러 다 같이 갈래?

난 공중에 살아 벼랑 위에서 살아

날카롭게 깎아지른 하늘을 봐

자살하기 딱 좋은 곳에서 난 자라기를 멈췄어

안녕 얘들아 우리 가볍게 만나서 내일도 지고 모레도 지고

하다가 매일매일 져주면 안 돼?

계속 지다보면 모두가 난폭하게 나를 사랑하겠지

내 안에 뭉쳐버린 솜덩이 좀 봐

주먹을 아무리 세게 날려도 풀리지가 않아

집 나간 고양이는 얽히고설키면서 더러워지는데

한번 더러워지면 다음은 너무 쉬운데

창밖에선 웃고 떠드는 물질성들이 몰려다니며

키티를 찢고 부비고 사랑하지

솜뭉치가 몽실몽실

발끝에서 화단은 도도하게 반짝거리고

뚱뚱한 소문처럼

꼬리를 싹둑! 잘라내고 흩어져야지

여기저기 떠다니다

구름은 담장을 기어오른다

모자가 잡아먹는다

뒤통수를 맡기다니!
걸레처럼 냄새나는 뒤를 맡기다니
화가 난 하녀는 앞치마를 두르고
코를 킁킁대며 날마다 뻗어나는 골목을 청소한다
얼굴은 자꾸 마르는데
밖에 나오니까 사람들은 전부 뚱뚱하네
마을에는 먼지가 끊임없이 날리고
엎드려 청소하는 하녀를 더부룩한 모자가 잡아먹는다
주인집 사내에게 무릎을 꿇고 입을 벌리면
주워모은 동전들이 요란하게 쏟아지고
이봐요! 아저씨 달고 다니는 그거 있잖아요
비싼 안장이래서 한번 타봤는데 속도가 이게 뭐예요!
뒤룩뒤룩 살이 찐 엉덩이에 똥이라고 크게 써준다
하녀가 쓴 모자는 자주 헛배가 부르고
집에서 물려받은 숟가락으로 밥을 퍼먹으려면
열심히 구덩이를 기어올라야 한다
거울 속에는 숨겨야 할 치부들이 벌겋게 뭉개져 있고
동네 개들을 쫓아다니며 똥을 치우는 건
언제나 하녀의 몫
코를 쥐고 간밤에 터진 소식들을 모자에 주워 담는다
위로 아래로 감추고 나면 모자는 축축해지고, 누가 따뜻
하게 잡으려 하면 냄새를 뿜으며 부패한다
꿈이 뭐냐고요? 공짜로 살아가는 건데요

태어나기 귀찮아서요 더이상 모자를 벗지 않겠어요!
어쩌다 동네에 하녀가 없으면
거리마다 은폐한 의혹들이 뭉게뭉게 피어오르고
뒤통수 탁 쳐서 모자가 떨어지면
뱀처럼 우글거리는 얼굴이 넝쿨덩굴 뻗어나간다

데이트

벽돌이랑 밥도 먹고 꽃구경이나 다녔던 걸까 안쪽 표정은
깔끄러워서 만질 수가 없는데 담벼락이랑 마주앉아 재채기
를 하면 콧물은 어디까지 뚫고 나가는 걸까 코안에서 터지
면서 더러워지고 더럽다고 생각하면 튀어나가고 끈적끈적
한 액체를 삼켜대는 난 녹을까봐 빨지 못하는 사탕처럼 자
꾸 질척대는데

깨어 있는 돌멩이는 없는 거니

얼굴 뒤에는 열어보지 않은 상자만 수북이 쌓여 있어 상
자가 많으면 많을수록 닫힌 문이 많다는 건데 종일 비가 와
도 아무도 노크하지 않고 돌멩이가 쏟아져나와 사방을 어
지럽히고

너한텐 예쁜 짐짝이 되고 싶어서
머릿속을 텅텅 비워낼 거야

굴러가는 돌멩이들 멀리 떨어지면서
우린 왜 다정해지는 걸까

오랫동안 치대지 않은 빵 반죽처럼 심장은 딱딱하게 굳어
가는데 말라서 구울 수도 없는 식빵이면 뭐 어때, 방안의 화
초들은 전부 죽어버릴지도 몰라 옷에 묻은 얼룩들을 박박

문질러 지운다 조금씩 사라지고 있는데…… 나는 왜 살 것
같지? 곰팡이 핀 얼굴로 머리하고 화장하고 네모반듯한 척
걸어가다 넘어졌는데

　사람들이 모르는 내 뒤에서
　다리가 맞지 않는 식탁처럼

　얼굴은 여러 방향으로 꺾일 수 있어

붉은 솥단지

안녕, 나의 마녀야, 이런 날엔 잔치를 해야지, 수술 자국이 살아 움직이는 구두를 신고, 뱀들의 척추를 모조리 뽑아낸 유니크한 꽃다발을 들고, 툭툭 갈빗대를 분질러버려도 불식간에 다시 끼워맞춰지는 우산을 쓰고, 당신 등뒤에서 깔깔대다 소똥에 코를 박고 넘어진 날, 억울해서 물동이에 머리를 처박고 아홉 가지 병을 키우는 날, 지붕에서 뛰어내린 암소와, 너무 질겨서 뱉어낼 수밖에 없는 젖꼭지와, 이따금 벌레가 날아드는 눈동자, 휘파람으로 둘둘 묶어 대문 앞에 갖다버린 당신의 지느러미를 거꾸로 넘겨 읽다, 변기를 부여잡고 말았지

거품 가득 뱉어낸 배 뒤집힌 물고기들
밤새도록 이불을 찢어먹고, 샐쭉해진 기분으로 덧니를 핥으면 네 머리카락은 또 얼마나 자랐을까

이것 봐, 나는 오늘도 검은 구름을 뚝뚝 흘리며 부서진 목조계단을 잘도 건너고 있으니까, 줄줄이 늘어나는 국수 면발을 악착같이 붙잡으며 살아야지, 너보다 더 오래 살아야지, 머릿속에서 웽웽거리는 하루살이들을 손바닥으로 비비면 보라색 물보라가 일어나고

뷰티 스쿨 정원사에게 내 목숨을 맡긴 날
꿈 밖으로 튀어나온 사지가 예쁘게 잘려나간 날

잠자는 옆집 할머니 금니를 뽑아다가 원피스를 사 입고
　흙탕물 위로 달아나는 네 그림자를 마구 휘젓다가 속바지
를 흠뻑 적신 날

　이런 날엔 우리 함께 배꼽을 열어젖히고 잔치를 해야지

　찢어진 앞치마 위로 눈보라를 맞은 날

　마치 여름 내내 아무 일 없었다는 듯

딸기와 고슴도치

맛있다 첨벙첨벙 베어먹는 딸기는
예쁘다 난 빨강을 좋아하는데
쨍한 하늘 딸기가 아프다
마음은 왜 털 뭉치가 아니어서
목소리가 뾰족해
딸기를 먹으면 달콤해지는 말투
딸기가 없으면 기분이 꼭 포크 같아
창문을 열면
내 잃어버린 접시들이 두둥실 떠다니는데

미용실에서 머리를 말며 끄덕끄덕
장작난로가 타오르는 심장을 두들기며 낮잠을 잔다
딸기는 친절하고 딸기는 상냥하고 난 또 왜
먹다 버린 가시투성이 얼굴만 벅벅 긁어대는지
당나귀가 아닌데
힝힝 울기 싫은데
여기는 냉동실인가 북극인가

혼잣말의 계절에 거대 생선처럼 누워 가시를 톡톡
꽃게들이 귓속에서 우당탕 넘어진다
참새들은 콧속으로 우르르 날아들고
안녕! 내 몸을 떠난 공기 방울들
정말 이젠 별짓을 다 해봐도

딸기는 착하다 쉴새없이 뒤섞이는 구름
발자국들이 모두 돌아간 저녁에도
멍들지 않도록
잘 보살펴야 하는데

친구는 싫고 풍선껌을 씹으면
뚱뚱한 기분이 든다

독수공방
실수 같은 세모씨

고깔모자가 마음에 든다
부엉부엉 역시 난 세모난 것들이 잘 어울리는군
수박도 참 맛있는데
뾰족하게 깎아지르면 더 예뻐 보이는 건 웬걸
부엉이는 밤에 또 가위를 쥐고 달그락대는구나
고깔모자를 쓰니깐 내 얼굴
꽈리고추 같네

잠결에 당신은 발 한 짝을 들어
창문을 쾅 밀어 닫는다

얼굴맞 좀 볼래?
얼굴맞 좀 볼래?

닭발처럼 오돌토돌 떨면서
불 켜진 지붕을 세어봅시다

삐뚤게 그려진 눈빛
삐뚤게 그려진 심장 날개 밥그릇 짝짝이 아무것도 꿈속으
로 초대하고 싶지 않은 넌 설마 절벽을 기다리는 건가 모가
지 점점 길어지면서 넌 설마 누군가 실수로 오린 다음 떨어
트린 건가 보고 싶은 얼굴들을 흉내내면서 부엉이는 길쭉
한 홍당무의 기분

나도 얼마 전까진 친구가 있었는데
베개 밑에 압정이 있었어!

맵고 짠 환절기엔
절망하는 얼굴을 자꾸만 들키고 싶고

온몸이 가려운 별 모양 캔디
혀끝에서 울고 있는 건 웬걸
너희 집 창문에 바짝 붙어서서, 부엉부엉

세모난 것들이 마음에 들어!
찌르고 찔리고 내일 또 아프고 싶다

예쁜 쓰레기

진창이랑 누명이랑 친구 먹었어

안녕 친구들아 맥줏집 오징어처럼 빼빼 마른 나를 좍좍 찢어서 씹고 있잖아 사랑에 빠질 때마다 허기가 져서 오돌뼈도 먹고 치킨도 먹고 눈치 없이 안줏발이나 세우고 있지 내가 돈 낼 것도 아닌데 취한 척 히죽히죽 웃다가 기체처럼 증발해야지 안녕 남자들아 구두를 짝짝이로 신고 뛰다가 사거리 앞에서 넘어졌는데 팬티가 흙탕물에 흠뻑 젖었네 내가 쏟은 향수에 남자들이 흥청망청 디스코를 추겠지 검은 앞치마를 두르고 이 밤을 통째로 쓸어버릴 거야 구르던 돌멩이와 빗자루가 꽁무니에 따라붙겠지 머리가 벗어진 개털들을 타고 엠파이어 스테이트 빌딩을 지나 홍콩 야시장을 지나 지구를 반 바퀴 쓸고 와야지 청소 다 끝났으면 빗자루는 내던져야지 청소하는 애는 계속 청소만 하고 에스컬레이터 올라가는 애는 계속 오르기만 하니까 앞치마를 쫘악 찢어서 핫팬츠를 만들어야지 남자들을 종이 인형처럼 착착 접어서 핸드백에 넣고 다녀야지 집착이니? 집착이니? 귀찮으면 종이 쪼가리 오빠들을 죽죽 찢어서 팔등신을 삼등신으로 만들어야지 봉툿값 아까우니 대충 싸서 길가에 내던져야지 터진 비닐봉지 속에서 누가 먹다 버린 수박들이 데굴데굴 굴러떨어져 이 꼴통들은 금방 으깨져서 내 인생을 더럽힐 텐데 실수로 밟아버린 개똥들은 가는 곳곳마다 질척대며 오명으로 따라붙겠지 뒤풀이는 어제 끝났는데 우와! 치

워야 할 등신들이 엄청 많네? 친구들아 쿵쿵대며 냄새만 맡
지 말고 옜다 물어가

　왜 다들 우리집 앞에 와서 짖고 있는데?

층층 기린을 어떡할까요?

우리집 천장은 내 키보다 한 뼘 더 낮아졌어요
마루는 세 바닥 네 바닥 줄어들고요
한여름 프로펠러가 달아난 선풍기를 짤짤 흔들며
혓바닥을 늘어뜨린 기린이지만
당신 앞에선 한결같은 사람인 척 도도합니다

학교 대신 가발공장 다녀요
편의점 앞에 놓인 파라솔은 오늘부터 내 방
공장장에게 아홉 마리 금붕어를 선물받았는데
뜬눈으로 숨만 잘 쉽니다
가발 좋아요 암 치료용 가발, 새치 머리용 가발,
화상 흉터용 가발, 윤기 발랄 자연스럽고 아리땁게
당신 정수리에 눌러앉아 군림하는 걸 보면요
내 인생 십팔번이 아직 뭔지는 몰라
칠갑산 한 많은 언저리에서 돼지 멱따는 공장장에게
엉덩이를 반 박자마다 한 번씩 흔들어주는 센스
밥벌이보다 위대한 나의 얼룩무늬들은 심미적 가치가 있
어요
사흘을 안 씻은 두꺼비처럼 달아오른 손 하나
슬그머니 기어들 때마다 아저씨야 거긴 아프다고!
침 뱉고 모가지 빳빳하게 세우며 거절하지 않아요
개인의 역사 맨 뒤 페이지를 펼쳐보면요
가족이라는 신파가 너덜너덜 부록으로 딸렸으니까요

네 살배기 남동생의 번데기만한 고추를 떠올리거나
사십 년째 예쁘기만 한 우리 엄마, 머리카락 한 올도
치울 줄 모르는 연약한 엄지와 검지를 떠올리면요
공장장이 특허 결속 가발을 쓰고, 엉뚱한 짓을 시켜대도
저는 기린인데, 키가 계속 자랄까요?
흔들리는 십팔층 좀더 심하게 흔들리는 십구층
일간지와 주간지 월간지 사이로 훨훨 나뭇잎을 뜯으며
위태롭고 권태로운 이십층을 올려다봅니다
돌아오는 생일에도 공장장님, 어디로든 데려가줄 거죠?

내가 공짜여서 사랑한 거니?

하수구로 흘러가는 물에 지갑을 빠뜨린 날
너는 왜 줍지를 않는 거니?

털려서 헐거워진 지갑이랑 같이 자고 밥도 먹고
그러고 싶겠니 이 넓은 지구에서 비린내나는 너랑 단둘만
남은 기분은 뭘까? 저걸 한입에 잡아먹고 입가를 쓰윽 닦
을 것인가 혼자 남아 벌벌 떨어대다 고독사를 당할 것인가

흙탕물에 개털 같은 남자를 빠뜨리고 집에 가는 길

뚱하게 앉아서 버스를 기다린다 예상 밖으로 시간은 멀
리멀리 날아가버리고 옷에 묻은 지저분한 얼룩들을 빨아
널 겨를도 없이, 이별하고 돌아서서 알바하러 냅다 뛰어가
야 하는데…… 흙탕물에 흠뻑 젖은 채로 빌고 있는 텅 빈
지갑을 어쩌라는 거야 누구한테 털리고 인제 와서 주워가
라는 거야

결핍이랑 결핍이 만나서 입만 열면 다투고, 밀칠 때마다
천장이 가루약처럼 부서졌잖아 내 몸에서 쓴맛이 난다고 너
는 하다 말고 가래침을 퉤퉤 뱉어댔잖아 혼자인 게 무섭대
서 재워주고 만나줬더니 그새 배고프다고 딴 데 가서 스르
르 벌어지는 지갑을 좀 봐

호텔에서 백화점에서 극장가에서 할인 쿠폰처럼 쏟아져
나오는 하품들 사이에서 인형 탈을 쓰고 전단지를 돌려대는
데(너는 좋겠다 이 여자 저 여자 문어발에 불알까지 두 쪽이
라서! 옷 사주고 밥 사주고 돌아다니면 전부 가족이라도 될
줄 알았니? 이번엔 주워서 흠씬 패주고 지갑을 사람으로 만
들어버릴 거야 구직 사이트에서 그랬지 세상은 사람냄새 나
는 사람을 구한다고!)

　지갑을 주울까 말까 고민하던 찰나에
　버스가 지나가고 택시가 지나가고

　똑바로 걸어갈 거야
　마주쳐도 못 알아보도록 점점 멀어질 거야

목소리

주머니 속에 손을 집어넣으면 빨강 바지를 입은 금붕어와 팔랑팔랑 만났다 사라졌다 만났다

다락방에 옮겨 심은 여름은 뜨거운 혀를 축축 늘어뜨리고

나는 조가비 창틀에 기대앉아 손바닥 위로 조그만 이빨들을 굴렸다 사라졌다 굴렸다

낡은 서랍처럼 굳게 닫힌 입술은 보라색 죽은 고양이가 숨어 살고 있구나

일기장을 펼치면 사과 반쪽의 비밀과 미래의 다정한 치욕들이 반짝반짝

물장구치는 날씨

연필로 꾹꾹 눌러쓴 불온(不穩)들이 먼지처럼 불어났다 사라졌다 불어났다

바들바들 허공으로 손을 뻗으며 자란 미모사는 하얗게 파랗게 부르튼 혓바닥 사이로

기어들었다 거미줄을 쳤다 애야 천장에서 이제 그만 내려오렴

안 돼요 열지 마세요 내 안의 모두가……

나를 끔찍한 목소리로 불러대는걸요

둥글고 길쭉한 알약들을 삼키면 우울은 늘어났다 사라졌다 늘어났다

젖은 손 하나 내 곁을 지키며 서늘한 물수건을 이마에 자주 올려놓았지만

다락방 문은 잠겨 있었다 비가 들이치거나 빛이 쏟아져도

그림자는 깨어나지 않았다

  배가 고파서 떠올린 양 한 마리 양 두 마리 양 세 마리……
나는 차갑고 뾰족한 발소리를 꺼냈다 묻어두었다 꺼냈다

  목구멍에 걸려든 밥알 같은 밀어들이 내 속을 줄줄이 묶
어내고 있었다

고백하던 날, 딸기 크림 케이크에 얼굴을 박은 채로 울지 않았어

접시에 빨갛게 달아오른 얼굴이 있네
끓어 넘치면 잼이 되는
딸기야 거기서 뭐해?

덜 익은 여드름을 톡톡 숨기며 화장을 하고
머리를 양 갈래로 땋았지

주근깨가 덕지덕지 붙은 딸기는 왜 크림을 좋아할까
속이 울렁대던 관계들이 아래위로 흔들거리고
케이크는 곧 무너질 거야

크림치즈 속으로 다이빙을 했어
기름진 표정 느끼한 말투 같은 게 설마 취향이라서
너한테 풍덩 뛰어들었던 걸까
돌아다니며 초를 백 개도 넘게 모았는데
누굴 뾰족하게 찔러대야 할지 알 수 없어서

뭉개진 얼굴에 초를 꽂고
녹아내린 식탁에 덩그러니 앉았네
다른 혼자들도 여전히 혼자인 것에 적응했을까?
접시에 묻은 고민을 밤새 핥아먹다가

앞니에 들러붙은 딸기씨처럼

너한테 자꾸 질척거리고 싶어

모서리가 뾰족한 얼굴로 굴러다녔지
깨진 표정에 마스크 팩을 두 장이나 얹었어

풍선 크게 불다가

껌 좀 씹다가
풍선 크게 불다가

팡팡 깨트린 안경을 쓰고
세상을 제멋대로 연주하고 싶어요

감정과

감정 사이

켄트지 위로 가슴 꾹 눌러 짜면
사과 고래 땅강아지 외투를 벗어던진 당신이
단추를 달아줄까요?

신발끈이 자꾸만 풀리고
지도엔 없는 동네를 향해 모자가 날아올라요

화요일과

수요일 사이

풍선 크게 불다가

내일을 증명할 수 있는
손가락이 줄어듭니다
배고픈 무엇이든 가방을 함께 메고
바퀴가 일곱 쌍이 넘는
쥐며느리 버스라도 좋아요

연필로 동그라미를 그리면
문고리가 들썩이고 네 목소리가 들려오고

풍선 크게 불다가

해열제를 빨아먹으면
네게서 좀더 멀리 떨어진 이곳

오선지 아래로 굴러가는
도돌이표를 맨발로 쫓고 있을 거예요

무너진 모래 왕국을 찾아
젖은 발자국들에게 대롱대롱 우산을 씌워주면서

삼각김밥 머리

귀밑으로 머리카락을 댕강 잘라버리니까 삼각김밥 모양이 됐어 세모꼴로 흔들리는 머리를 누가 베어먹고 싶겠니! 미용실 아줌마는 내 머리 망쳐놓고 부들부들 떨어대는데 저기요? 난 삼각김밥 좋아하는데요 공장에서 똑같이 찍어낸 걸 매일 베어 물다가 성도 이름도 까먹을 뻔했거든요 공장에서 포장 알바하다 몰래 하나 집어먹은 게 CCTV에 딱 걸렸는데요 때려잡고 도망치는 일상이 실시간으로 생중계되는 세상에서 일당 오만원도 날아가고 할부로 돌려막던 카드도 줄줄이 잘렸는데요 새로 잡은 알바는 간판에 기름때가 덕지덕지 묻은 도넛가게인데요 구멍난 적금통장처럼 뻥 뚫린 도넛을 튀기다가 내 양심까지 노릇하게 튀겨서 꿀꺽했는데요 하루 지나서 팔지도 못할 거면…… 쓰레기통에 넣으려다 아까워서 몇 개 주워먹었을 뿐인데, 주인아줌마가 시퍼런 얼굴로 다음날 팔아치울 걸 누가 처먹었냐며 길길이 날뛰는 통에 알바 자리 또 잘렸는데요 여기저기 잘려서 쑥대밭처럼 너덜너덜해진 머리카락을 수습하고 나면 난 지구 바깥으로 심부름을 떠나고 싶은데요 은신처에서 곰팡이를 하나, 둘, 서른, 마흔…… 끝도 없이 불어나는 나이를 세고 앉았는데요 키우는 반려 곰팡이들이 밥 달라고 이불 위로 식탁 위로 마구 번지면서 재롱을 떨어대고, 종일 돌아다녀도 앉을 자리 아무데도 없는 세상에서 틀어박힌 채 삼각김밥 포장을 뜯는데요 잘린 머리카락들이 나풀나풀 떨어지고, 밥알이 각질처럼 지저분하게 붙어 있는데요

4부
털어서 먼지 안 나는 개가
어디 있는데?

빨랫줄에 걸렸네

1
뭘 자꾸 털고 있는데?
새벽 세시에도 밤 열한시에도 탁탁탁 빨래 터는 소리가
귀를 잡아당기고
고슴도치처럼 바짝 웅크린 나는
쏟아지는 먼지를 꿀꺽꿀꺽 받아 마시고 있네

2
창문을 열어두면 두 귀가 새카매지고
빨아놓은 팬티처럼 창백한 남자가
옥상에서 우는 여자를 털고 있나봐
바람이 버드나무 머리채를 잡고 후려치듯이
가방도 목숨도 털고 있나봐
얼룩지는 저 빨래들을 어떻게 하나
끈 떨어진 슬리퍼 하나 옥상을 자꾸 기웃거리고
털어서 먼지 안 나는 개가 어디 있는데?
목줄에 묶인 사나운 눈빛과 술냄새가 뒤엉켜서 싸우고
하늘이 파란 입술로 서로를 싹둑싹둑 오려내나봐
지상에 수북이 내려앉은 가루약을
집 없는 비둘기들이 모여서 쪼아먹나봐

3
빨래 터는 소리에 잠을 못 잔 내가

우리집 방바닥에 흙탕물처럼 고여 있어

웅덩이를 들여다보면 머리카락과 불안이 한데 섞여 둥둥 떠다니고

미래를 생각하면 곰팡이 악취에도 견뎌내야 하는데

간이랑 쓸개는 누구한테 털린 거니?

오토바이처럼 날쌔게 지나가던 애인한테요

퍽치기를 당했는데요 문밖에서 맨발로 뛰고 있던 친구들이요 결승점에서 뒤통수 차버리던데요

목줄이 풀린 사나운 개들이 내 뒤를 쫓으며 컹컹 짖어대고

내리막길에서 속도를 안 늦추고 뛰어가다

하수도에 풍덩 빠져버리고

4

진창에서 허우적대던 나를 발견한 엄마가

소매를 걷어붙이고 빨래를 시작한다

어딜 자꾸 싸돌아다녀서 손발이 새카만 거니?

걸레 같은 햇빛이 내 몸을 구석구석 훔치고

머리에서 발끝까지 나를 꼭 쥐어짜면 구정물 같은 비명이 줄줄 흘러나오고

옥상에서 탁탁 먼지 나게 털어대는 엄마와 윗집 남자가 앞다투어 빨래를 널고 있다

얼룩이 덜 빠진 채로, 바람결에 이리저리

리락쿠마와 함께한 여름방학

계란 이불을 덮고 당근 베개를 베고
시금치 이파리로 설렁설렁 부채질하고 있어
이것 봐라, 난 볶음밥이야
엄마가 썰어 만든 우리 식구 저녁밥이야
모차렐라 치즈 귀에 굴소스로 볶아낸 얼굴이 뜨끈뜨끈한
곰돌이 리락쿠마야
엄마는 예쁘게 만들었는데 새아빠는 입에 대기도 귀찮대
한입 들어봐요 오목조목 귀엽잖아요
처음 보는 메뉴라서 먹고 싶다면서요
지퍼를 끝까지 채워올린 원피스가 목을 조르고
째깍째깍 벽시계가 돌고 도는데
식탁 위에 빨갛게 케첩 발린 엄마가
벌어진 소세지처럼 식어가고 있어
곰돌이 리락쿠마는 안 돼요 안 돼요 이불이 찢기고
젓가락을 휘적대자 브로콜리 나무가 쓰러지고
새우 살이 박힌 통통한 두 뺨이 부서지는데
데코된 샐러드를 우물거리면
여리고 습한 한여름의 맛
가지 마요 옷장 뒤에 방울뱀이 우글거려요
더 잘살고 싶으니까 옷이 더러워지는 거예요
풍기는 음식냄새에 지나가던 개들은 뒤가 마렵고
새아빠가 먹다 남긴 리락쿠마는
접시 타고 날아가다 와장창 이가 나갔어

엄마는 뭉개진 리락쿠마 얼굴에 찐득한 케첩을 뿌려
새아빠 쪽으로 자꾸 들이미는데
튀긴 감자와 고깃덩어리에 칼자국이 그어질 때마다
새아빠는 피둥피둥 살이 오르고
미래의 보험금은 아름답게 짤랑거리고
새아빠 이렇게 살다 나중에 잘 죽으려면요
이것저것 안 가리고 잘 먹어야 해요

더러운 식탁 밑을 나뒹굴면서
시뻘겋게 익은 새아빠랑 같이 놀았어

중력의 법칙

바나나의 심정으로
발끝을 그러모으고 우뚝
나무에 기어올라, 세상 내려다보면

살찐 귀신들로부터 일렬종대로 달아나는 콩가개미들

찬송가를 부르고
스무 조각 케이크를 나누면

접시에 늘어놓은 식전 기도는
덜렁덜렁 기다랗고 차가워

물에 잠긴 삼거리에서
식칼처럼 생긴 갈치가 웃었다
검문이 시작되고

솥뚜껑을 열자마자
훅 끼친 너는 모두가 먹고 싶은 냄새야
귀신들의 식욕을 돋우는

눈 오는 날엔
채쩍질이 있을 텐데
예배당 종소리가 세 번 울렸다

가족들이 식탁을 떠났다

바닥 흥건하게 잘린 노란색 지느러미
가윗날에 묻어난 빛의 투명한 살점들

메리! 메리 크리스마스

발랑 까진 채
나는 던져졌다

외톨 랜드

아침에 수프를 먹는데
창문이 필요했어 너무 뜨거워서

머리는 춥다
밤새 무서운 그림을 그렸는데

엉키고 엉켜서 겁이 났어
누군가 날 잘라버릴지도 모르니깐

목도리는 왜 구름 모양 짝짝이 심장을 세탁기에 돌리고
있나

빨면 빨수록 슬프게 우는
거대 우물 파란 토마토 그걸 머리에 이고
수프를 끓였겠지

돌아가고 싶은데 심장 옆 동네에 사는 내 친구 렌즈콩에
게 나 요즘은 밥도 잘 먹고 잠도 잘 자고 밖에 나가서 사람
들이랑 농담까진 못해도 자꾸 흘러내리는 웅덩이 그럭저럭
인사도 한다고

이빨 나간 밥그릇을 보내고 싶은데

식물은 춥다
밤새 머리카락을 끊어냈는데

여러 명의 혼자에게
초대장을 보냈다

절뚝절뚝 어지러웠어
젓가락이 한 짝밖에 없는 이곳은

편지 속 금붕어에게
어금니를 던지고 싶어

첫사랑과 시도 때도 없이 마주치는 섬뜩한 동네

만두가 좋다

나는 폭발에 대해 잘 모르고
만두는 맛있게 먹는다

마음이 있는 것 같아

뜨거운 만두를 우물거리면 심장 위로 무거워지는 식탁보
당근
시금치
하늘
칠판
줄넘기
실수
상춧잎처럼 썹어 삼킨
목도리
단추
이쑤시개
구멍
개미집

공중에서 팽팽하게 늘어나는 웅덩이
중얼거릴 때마다 입속에서 튀어나와

수심이 깊다

지킬 것이 없다는 생각

만두는 맛있게 먹는다

창문을 열면 구름이 많다
다가왔다가 그대로 사라져가는
뒤꿈치들이 미끄러워

난간 위에 매달린
오늘도 억지로 혼자다

만두 속에 하품이 먼지가 겨울이 모자가 양말이 치타가 쓰
다만 편지 쪼아먹다 날아가버린 비둘기가

모락모락 그림자
코가 길어진다 그림자
허기가 움직이는 방향으로

오늘
오후는 용기가 필요해

방문과 엄마 사이로 책상과 연필심 사이로
보리수 열매와 닿은 적 없는

—   키 큰 나무 그늘 사이로

마음과 마음 젖은 귀와 젖은 귀 흔들리는 버터구름 사이로

날아
날아

친구는 외로운 심장 주머니는 싫고
누군가 뒤척이는
만두가 좋다

—

지각한 날

지하철 문이 열리자마자 먹구름떼가 와르르 쏟아졌어 만
지고 덮치고 물거품처럼 끓어오르는 눈빛들 살짝 건드려도
심장이 터져버릴 것 같아 손잡이를 옮겨다니며 먼지를 일으
키는 소음을 알레르기성 눈병이, 감기가 내가 믿는 종교보
다 더 빠르게 퍼지고 있어 유행하는 바이러스들이 몸안에서
변형을 일으키는 것처럼 불어나고 뒤바뀌는 나의 소문들 내
안에는 너무 많은 먹물들이 숨어 있는데 누가 질겅질겅 씹
어대면 까만 얼룩들이 터져나와 사방을 더럽히는데 입안에
서 씹히고 으깨지고 혓바닥에 휘둘리는 돌문어가 되었네 찢
어지기 귀찮아서 대꾸를 안 했더니 나 혼자서 끊어진 문어
발이 되었네 아무 말도 안 해서 가해지는 체벌이 나는 좋은
데 결백보다 무기력한 침묵이랑 친해지기 훨씬 쉬운데 따라
오기 싫다고 흐느적대는 내 미래를 질질 끌면서 레일을 달
리고 있어 어떤 과거는 달려오는 전동차에 몸을 훌쩍 날려
버리고 뒤집어쓴 누명은 난간에서 발을 헛디디는데 추락하
는 굴욕들아 부드럽고 여린 문어들은 육질이 좋아 날마다
여기저기서 씹어대는데 돌아가며 짝짝 씹어대다 후 불면 뚱
뚱하게 부풀어오르는 비명들 누가 더 먹고 싶어서 누명을
씌운 거니? 찌그러진 냄비들은 부글부글 넘치면서 친해지
는데 끓어오르는 2호선을 타고 한강을 지날 때마다 물어뜯
긴 발목들이 또 지각이네

뒤에서 오는 여름

여러 방향으로 꺾이는 의자에 앉아서
책을 읽는다

흔들리는 풍경이 다가오는데

여름 안에서 나 혼자 걷고 있었다 여름이 무성하게 이파리를 뿜어내고 그늘을 만든다 삐뚤빼뚤 자라난 내가 징그럽게 언덕을 뒤덮고

생각을 길게 이어서 하면

펼쳐놓은 들판이 넘어간다 웃음과 비명으로 풀들이 찢겨 있었다 이파리는 떨면서 바닥에 엎드려 있고 문장들이 따라붙는 건 모르는 사람의 불행들이지 남의 고통은 문장으로부터 최고로 인기가 많고

글씨들은 다정한데
감당할 수 없어서 조금 미쳐 있었고

살기 위해 나무는

줄곧 상처 입고 있었다 문장을 오래 들여다보면 전부 징그러웠다 겹겹의 렌즈로 징그러운 내부를 읽어낼 수 있었

다 무서울 게 없었다 두려움을 지나칠 수 있는 슬픔이 더 커
져버려서

  뭉개진 새를 곳곳에 심어두었다

  더는 혼자서 버티지 않아도 돼, 라는 말을 들었다 그동안
얼마나 오래 버려졌던 거니 서늘하게 등뒤가 젖어 있던 날

  지나오는 길목에서 죽은 새 한 마리를 본다

  익숙한 문장은 겪어본 일들이었다

예쁜 유리였을 때

와그작와그작

세수를 하다가 얼굴이 몽땅 깨졌다

아침 식탁 위엔 두 뺨이 식은 내가 덩그러니 차려져 있었다 끄덕끄덕 졸음을 흘리며 숟가락질하다가 엎은 건 밥그릇이 아니었다 내 얼굴이었다 이건 너무 질겨서 삼킬 수가 없잖아 엄마는 나를 오래도록 씹다가 뱉어냈다 오늘부터 너를 하느님이 키워주시기로 했단다 다른 집 여자들은 예전부터 자식새끼를 주님께 맡겼더구나 엄마가 성당에서 사귄 아줌마들은 임신한 벌레처럼 살찌고 목소리가 컸다

옷장 문을 열면 나무 썩는 냄새가 났다 날 닮은 여러 벌의 뿌리가 뒤엉켜 있었다 풀리지 않는 거대한 매듭이었다 어떤 나를 입고 나가야 할지 우물쭈물하다가 지각을 했다 세탁기를 한번 돌리고 나면 얼마나 일이 많은지 아니? 계집애야 보라 검정 달팽이 흙 박쥐 나방 칙칙한 나를 입고 거울 앞에 서면 서슬이 시퍼런 눈썹만 보였다 깨진 얼굴은 퍼즐 조각처럼 끼워맞추기가 어려웠다 학교에 가면 자꾸만 목소리가 작아졌다 코 푼 휴지처럼 책상 위에 엎드려 있었다

해가 기울 때까지 정글짐 위에 걸터앉아 사는 게 뭔지 생각했다 엄마가 루주를 짙게 칠하며 자주 하던 말이 떠올랐

다 하느님은 일거수일투족 널 감시하고 있단다

　차갑고 깨진 이빨이 많은 얼굴로 하늘을 올려다봤다 치
마가 바람결에 훌렁거릴 때마다 날개가 찢어진 새들이 쏟
아져나왔다 나쁜 짓을 하면 죽어서 지옥 불에 떨어질 거야
검은 하늘 위로 시름시름 창백한 별들이 소름처럼 돋아났
다 아무도,

　아무도 데리러 오지 않았다

헌옷 수거함에 버려진 얼굴들
빨아서 재활용해요

사람들이 유니폼 같은 얼굴을 입고 뛰어다녀요
롤러코스터에 올라타 누가 높이 올라가나 내기해요
이 사람 저 사람 빌붙어서 핥아대던
뻔뻔하고 두꺼운 혓바닥이 일등 했어요
빌딩 위의 전광판처럼 치솟아서 반짝이는 얼굴
잊었니? 추락하는 재미로 탄 거였잖아!
불어닥친 바람에 롤러코스터가 급발진하면
떨어져서 바닥을 나뒹구는 얼굴
거즈처럼 붙였다 떼어냈다 갈아입을 새 얼굴이 필요해요
오늘은 뭘 좀 입을까요?
골라보세요 질기고 뻣뻣한 살가죽은 내려두고요
영업용으로 활짝 웃고 다니기 힘들잖아요
구제 숍에 진열된 청바지처럼, 살짝 냄새나는 짝퉁은 어
때요?
  요즘은 일부러 찢어 입는 얼굴이 대유행이거든요
  점심시간마다 눈 코 입 시원하게 찢어주는 짝퉁 공장들
  친구 따라 강남 가면요 얼굴 세탁은 필수, 고속으로 승진
하려면 신분 세탁은 옵션이거든요
  빨래통엔 안 빨아서 냄새나는 부모가 득실거리고
  귀찮으면 나이롱환자 스타일로 병원에 수선이나 맡겨보
세요
  6인실 옷장 속에 차곡차곡 정리해서 숨겨두면요
  재워주고 밥 주고 관리하기 훨씬 편하거든요

물려받은 흉터는 레이저로 감쪽같이 지워내고
싸늘한 시선에도 얼지 않는 피부 온도와 앞뒤가 전혀 달
라서 헷갈리지 않는 착용 방법과
변덕스러운 날씨에 두꺼웠다 얇아지는 위장술까지!
실용성과 편리함을 두루 갖춘 얼굴들
십 년 전이나 오 년 뒤나 어김없이 돌고 도는 유행이라서
내일이면 불티나게 팔릴지 모르니까
수거함에 처박힌 얼굴들 빨아서 리폼하세요
겉옷이랑 속옷이랑 안 어울리는 게 이번 시즌 트렌드래요

줄무늬 효과

1

그해 여름엔 내 엉덩이보다 더 큰 수박을 들고 벌을 섰다
뙤약볕 아래서 줄줄 땀인지 눈물인지 모를 물줄기들을 내
뿜다가
나 설마 사람이 아니라 수박인 건가?
슬그머니 손을 내리자마자
얼굴 위로 검은 줄무늬들이 옮아붙었다
내 머리통은 수박이 되어 비명을 질러댔다

2

밤엔 짓무른 정수리에서 찐득한 과즙이 흘러나와
잠이 오질 않고
떼굴떼굴 달아나는 눈알을 쫓다가 구름 속에서 길을 잃
었다
보자기를 풀어헤치자 죽은 애인들이 뒤통수가 절절 끓는
그림자를 뒤집어쓰고 하늘 가득 피어올랐다
우리는 영혼을 서로 바꿔 입으며 내장을 다 쏟아낼 때까
지 춤을 췄다
저 달은 끝물이고
썩기까지 하루가 남았네
세상의 암호처럼 새겨진 줄무늬를 문질러 닦으면
배가 고팠다

"내가 맛있게 먹어치운 우리 할머니는 영정 앞에 철컥철
컥 끊임없는 잔소리를 썰어놓았지.

가랑이를 함부로 벌리면 지옥 불에 떨어질 게야!

벌겋게 달아오른 나를 향해 수박씨를 퉤퉤 뱉으며 무당개
구리는 주머니를 부풀려댔지.

당신이 배고프면 나는 배가 부른걸. 죽고 나서도 뭐가 두
려워 그렇게 살이 쪘을까.

내 영혼은 빨랫줄에 널린 발가벗은 식탁보. 랄랄라 아파
서 약 먹고 사랑을 할 거야.

소풍 가서 만난 얼룩덜룩한 사내들은 수박 속을 시체처
럼 훑어먹고

제기랄! 누가 널 낳았니?

언덕 아래로 껍데기만 남은 나를 걷어찼지.

죽은 네 엄마가 또 놀러왔다 왜!

무덤 속에서 벌떡 일어난 할머니는 가랑이를 벌리고 내가
진 목발을 받아먹었지.

쩍 갈라진 천국은 불구덩이 속에서 엎질러지고 말았지."

3
어둠의 머리통을 꿀꺽한 수박은
입술이 부어올라 끈적끈적한 나를 다 토해냈다
등뒤로 거미줄을 치며 한껏 매달린 그림자들은
코를 감싸쥐고 달아나기 시작했다

"횡단보도 빨간불 앞에서 뭉개지고 있는 너를 아무도 알아보지 못했지.

어이! 택시! 거길 빨아도 소용없을걸? 난 당신을 또 낳아줄 수가 없어. 온몸이 냄새나는 눈동자인데 어떻게 그 커다란 머리통을 까먹을 수 있겠니. 시퍼렇게 눈뜬 수박아. 네 엄마는 공갈빵 네 사랑은 처음부터 시체였니? 갈고리에 매달린 악몽처럼 죽기 전에도

죽은 후에도

쫓는 자와 쫓기는 자의 문법은 하나인 거니? 반대말은 왜또 사랑이라니?

너덜너덜 울다 잠이 든 아기는 동그랗게 눈을 뜨고 다시 울어.

컴컴하니 먹기 좋은 불행들을 쪽쪽 빨면서 왜 자꾸만 보채니?

세상은 비가 와도 젖을 생각을 안 하고

손도 없고 무릎도 없어서 가려워 미치겠는데.

나는 누구의 주검인지…… 주소도 연락처도 없는데……"

되풀이해서 나를 듣지 마시오
끝물이 지난 알리바이란 말이오

자물통 터진 수박을 몰래 주워 담다가

몽둥이를 든 검역관이 문을 두들겨대면
나는 나를 모른다고
세 번 아니 두 번 아니
한 번
부인했다

낄낄 최후의 생존자인 이 시체들은
내일 또 몰래 팔아치우면 될 거 아냐

이후

불에 덴 흉터가 나무껍질처럼 굳어가고 있다
상처를 두드리면 문이 삐걱거리고

반쯤 열린 틈으로 기어들면
내 영혼이 목을 맨 채로 천장에 걸려 있다

붙들어야 해 상처 이후의 삶을
희미해져가는 저 목숨을

공중에 떠 있는 두 다리를 놓치면
숨을 꺽꺽대다가 목구멍에서 죽은 내가 또 한번 희미하
게 빠져나와

온몸에 균열을 낸다
비명은 왜 내 귀에만 들이치는 걸까

지나간 상처에 밑줄 긋지 마
덜 여문 흉터들을 긁어대지 마

영혼은 촛불처럼 파랗게 일렁이다가
커튼에 옮겨붙는다

곳곳에 번져내린 화염이

비명을 장작더미처럼 집어삼키고

찢긴 자리가 얼마나 쓰라린지는
찢겨본 자만이 알 수 있는데

잿더미 속에서 벌어진 흉터들을
까마귀떼가 파먹고 있다

얼굴 없는 마녀의 치욕 요리법

이철주(문학평론가)

1.

치욕은 사라지지 않는다. 시간이 흐를수록 더 맹렬히 비대해져가는 허기를 난폭하게 휘두르며 날카롭고 서늘한 오욕의 뿌리를 몸속 깊이 박아넣는다. 수치를 부정하려는 몸부림이란 치욕이 가장 사랑하는 먹잇감에 불과하므로 온 힘을 다해 쏟아낸 부인의 몸짓조차 처참하게 집어삼켜질 뿐이다. 아무리 꾹꾹 눌러 닦고 지우고 오물이 튄 얼굴을 송두리째 뜯어내어도 그 빤하고 너저분한 치욕은 너무도 쉽게 정체를 들켜버리고, 한번 뒤집어쓴 오명은 검은 역청처럼 들러붙어 절대로 떨어지지 않는다. 치욕을 향해 드러낸 이빨과 핏대가 단지 더 노골적이고 적나라한 추문이 되어 돌아오는 삶의 적대적 중력 속에서 우리가 할 수 있는 일은 그리 많지 않다. 기껏해야 모멸과 굴욕을 자신의 새로운 이름으로 받아들이거나 이 낯선 외피에 모조리 씹어 먹힐 때까지 있는 힘껏 버티는 것 정도뿐이다. 운이 좋다면 고분고분해진 태도에 흥미를 잃은 치욕이 다른 먹잇감을 찾아 곧 자리를 옮길지도 모르지만 한번 수치가 머문 자리는 삶이 끝난 뒤에도 남아 결코 지워지지 않는 붉은 화인이 되어 스스로를 선명히 증거한다.

박세랑의 첫 시집은 이토록 위태롭고도 끝이 보이질 않는 숨막힐 듯한 치욕의 중심에서 펼쳐진다. 가릴 수 없는 낙인처럼 시집 어디에나 드리워져 있는 경멸과 혐오의 정동은 데이트폭력, 가정폭력, 피해자에 대한 이차 가해 등 최근 우리 사회가 마주하고 있는 잔혹하고도 불편한 이면들을 정면으로 지시한다. 더는 불쾌한 오물을 털어내듯 함부로 외면하지 못하도록, 터져나오는 비명과 외침을 무슨 일이 있었냐는 듯 태연히 짓밟아 틀어막지 못하도록 매끄럽게 꾸며낸 일상의 평온 위에 불온하고도 매혹적인 얼룩과 흉터들을 선명히 새겨넣는다. 이렇듯 명료한 지향성은 페미니즘의 첨예한 문제의식과 손쉽게 겹쳐 읽히기도 하지만 사유와 관념의 각도로 시집을 환원시켜 읽는 일은 되도록 피하려 한다. 관념에 비춘 재현 문제로 논의의 폭이 축소될 위험이 있기 때문이기도 하지만 무엇보다 시인이 펼쳐내는 새로운 감각과 호흡들마저 성급히 삼켜버릴지 모를 사유의 폭식으로부터 조금이나마 거리를 두려는 것이다.

박세랑의 시는 상처로 가득한 어둠의 폐부 한가운데에 퍼렇게 멍든 말들을 물감처럼 풀어놓고("거울을 열고 상처의 캄캄한 안쪽으로 기어들면/ 파란 말이 있었다", 「파란 말」) 이들이 머문 자리를 어루만지며 한 번도 온전히 발설된 적 없는 폭력의 음각을 문장의 피부 위에 판화처럼 찍어놓는다. 치욕에 녹아내린 얼굴을 고통스레 더듬으며 잊힌 폐허와 그 역사를 발굴해내는 그의 문장은 어둠이 품은 비린내를 더 짙고 선연하게 들추어내는 동화 속 무구한 이미지들과 잔혹하게 뒤섞이며 폭력에 으스러진 신체를 거꾸로 이어붙이는 불온한 흑마술의 상상력으로 나아간다. 특히 이는 억세고 질긴 치욕의 근육을 정성 들여 씻고 저미고 삭

혀 달콤쌉싸름한 디저트나 새콤한 애피타이저로 만들어내
는 도발적인 상상력과 경쾌한 이미지에서 절정에 달하는데,
치욕을 씹고 삼키고 소화시키는, 단순하지만 견고한 순환의
감각과 그 섭생의 리듬을 읽는 이의 핏속에 은밀하면서도
뜨겁게 흘려넣는다.

어쩌면 얼굴 없는 마녀의 이 기묘한 치욕 요리법이 감당할
수 없는 폭력을 견디기 위해 걸쳐 입은 환상의 가림막처럼
보일지도 모르겠다. 하지만 적어도 박세랑의 화자들은 숱하
게 짓이겨진 신체의 잔해가 가림막의 투명한 보호 속에 완
전히 삼켜지는 것을 어떤 경우에도 허락하지 않는다. 금방
이라도 찢길 듯 위태롭게 부풀어오른 상상의 표피 바로 밑
에는 절대로 잊어선 안 될 치욕의 표정들이 또렷이 생매장
되어 있고, 무엇으로도 부정할 수 없는 이 명쾌한 사실은 방
금 씹어 삼킨 이미지와 은유들이 여전히 피 흘리며 고통스
러워하는 상처임을, 몸을 지닌 씻을 수 없는 오명이자 속절
없는 수치임을, 결단코 안전하게 재단된 매끄러운 관념이나
기호가 될 수 없음을 몇 번이고 끈질기게 확인시키고야 만
다. 이 절망적이면서도 고집스러운 경쾌함의 중심에 박세랑
의 시가 있다. 그가 건넨 아픈 환영의 인사를 받으며 치욕
보다도 오래된 얼굴 없는 마녀의 식탁에 앉는다. 첫번째 요
리가 나온다.

2.

박세랑의 시에서 폭력은 동화 속 불한당들에 의해, 무엇보다 툭하면 손찌검하는 남편이나 연인에 의해 아무런 죄책감도 없이 곧잘 저질러진다. 이러한 폭력은 이해할 수도 근절할 수도 없는 악성 신화나 운명의 선험적 형식처럼 태연히 반복되고 상연되는데 여기에 그보다 더 구조적으로 자행되고 반복돼온 폐쇄적 폭력이 덧붙여진다. 타인의 상처를 짓이기고 모욕하는 것만이 타인에 대한 권능을 확인하고 치욕으로부터 자신을 지키는 유일한 방법이라 믿는, 어떤 의미에서는 잔혹한 식인 취향이라고나 할 법한 맹목에 의해 행사되는 폭력이 바로 그것이다. 이런 세계 속에서 사람들은 타인의 치욕을 "포르노처럼/ 동시 상영하"(「대면」)며 존재의 허기를 허겁지겁 채우기 일쑤고, "소문과 수다의 맛에 중독"(「분리수거의 달인」)된 채 가까운 이의 아픔마저도 군침을 흘려가며 게걸스럽게 씹어댄다. 수치와 오명은 더할 나위 없이 자극적인 기호품이 되어 부담 없이 거래되고 일말의 죄의식도 없이 손쉽게 즐길 수 있는 매력적인 상품으로 전락한다.

간과되고 있는 것은 그들의 먹잇감 역시 본래 무언가를 잘근잘근 씹고 삼킬 수 있는 힘과 권능을 가진 존재라는 점인데, 박세랑의 시는 이들에게 바로 이 간단하고도 자명한 사실을, 치욕에 의해 거세되고 부정당한 고유의 식욕과 갈망을, 이를 발설해낼 단단한 목소리와 함께 돌려주려 한다. 물론 훼손된 것은 말끔히 새것처럼 복구되지는 않는다. 폭력에 짓이겨진 식욕은 "난 볶음밥이야/ 엄마가 썰어 만든 우리 식구 저녁밥이야"(「리락쿠마와 함께한 여름방학」)라든가 "너는 모두가 먹고 싶은 냄새야/ 귀신들의 식욕을 돋우는"(「중력의 법칙」)과 같은 고통스러운 수치의 흔적을 고스란히 품은 채 되돌아온다. 화자들이 토해내는 자학적 진술과 모멸적 규정들은 오명과 오욕의 비틀린 재현이기는 하지만 치욕을 내면화함으로써 새로운 폭력의 주체가 되겠다는 왜곡된 타협의 목소리도, 환멸 가득한 방조나 방관의 제스처도 결코 아니다. 이는 무엇보다도 신체에 각인된 폭력을 고발하기 위한 뜨거운 외침이며 그러니 당신(들)이 내게한 일을 한 번이라도 좋으니 제발 제대로 봐달라는 절실한 호소와 피맺힌 절규인 것이다. 박세랑의 시가 펼쳐내는 불온한 탐식의 상상력과 가혹한 이미지들은 무언가를 먹고 삼킨다는 원초적인 폭력의 무게 속에 "한 번쯤은 온전히 이해받고 싶었"(「아름다운 과거」)다는, 훼손된 신체들이 건네는 선명한 울음의 무늬를 새겨넣음으로써 단순한 치욕의 재현이나 폭력의 반향으로부터 한 걸음 더 나아간다.

　　세상을 잠시 잊으려고 상상이라는 진통제를 맞으면
　　미미는 달고 끈적한 디저트를
　　무한대로 만들 수 있지

잘린 손목에서 체리 시럽이 줄줄 흘러내리고
욕조 속을 떠다니던 미미를 뒤늦게 건져내 입원시켰지

(······)

미미는 아무도 열 수 없는 창문 앞에 앉아서
그늘을 생크림처럼 바르고 바람을 살살 끼얹는다
내 몸은 부드럽고 달아요
조각조각 잘라서 나눠 먹어도 좋아요
이미 난도질당해 떡이 된 케이크지만
                              ─「미미의 우아한 디저트」 부분

주근깨가 덕지덕지 붙은 딸기는 왜 크림을 좋아할까
속이 울렁대던 관계들이 아래위로 흔들거리고
케이크는 곧 무너질 거야

크림치즈 속으로 다이빙을 했어
기름진 표정 느끼한 말투 같은 게 설마 취향이라서
너한테 풍덩 뛰어들었던 걸까
    ─「고백하던 날, 딸기 크림 케이크에 얼굴을 박은 채로
                              울지 않았어」 부분

달콤한 "체리 시럽"과 "생크림", 느끼한 "크림치즈"로 범

벅된 매혹적인 디저트들은 단적으로 말해 화자의 "취향"도 화자가 원하는 것도 아니다. "미미"가 만들어낸 환상의 "디저트"는 "세상을 잠시 잊으려고" 만들어낸 "상상이라는 진통제"에 다름 아니며 정확히는 폭력에 의해 "난도질"된 짓뭉개진 신체의 왜곡된 재현에 불과하다. 다만 이러한 경미한 왜곡에는 지극히 간결하고 절실한 요청 하나가 스며 있다. 적나라한 폭력의 기억이 가까스로 끄집어낸 미약한 증언마저 통째로 집어삼키지 못하도록 얼마쯤은 감당하고 통제할 수 있는, 그러나 여전히 '먹는' 일의 경악과 그 지울 수 없는 표정들을 선명하게 간직한, 통제 가능한 대리물로의 작은 굴절 하나를 요청하고 있는 것이다.

그러니 "내 몸은 부드럽고 달아요/ 조각조각 잘라서 나눠먹어도 좋아요"라는 꾸며낸 경쾌함이 전하는 고통은 내게 이렇게 들린다. '사실 많이 아파요. 힘든 일이 있었어요. 나는 내가 당한 일들에 걸맞는 말을 찾기 위해 온 하루를 꿈꾸고 있는 중이에요. 그러니 제멋대로 삐져나온 작은 거짓말과 과장들은 용서해주세요. 나를 이해해주었으면 해요.' 수치에 으깨어진 외침은 부정할수록 더 정확히 되돌아오는 파도의 관성처럼 자신을 갉아먹을 뿐이지만, 박세랑의 시는 이 무한의 몽상과 고통을 포기하지 않고 되풀이함으로써 더 이상 스스로의 갈망과 식욕을 수치스럽게 반성하지 않아도 견딜 수 있는 순간을 향해 성큼성큼 나아간다. 그럴 때 다음과 같은 진실로 경쾌한 마녀의 주문이 선명히 펼쳐진다.

치워도 치워도 끝도 없이 뒤가 지저분한 남편을

유리병에 가둔 채로 찬장에 세워두었네

기념비처럼 구경하다가…… 발길이 뜸해지면

병에 갇힌 남편은 짠내를 폴폴 풍기면서 쪼그라드는데

복날에 시든 오이를 물에 만 밥에다가 올려 먹는 일

따위를 우울한 이모들은 줄곧 해왔겠지만

나한텐 어림도 없지! 찢긴 자국과 멍든 개수만큼 위자
료를 두둑하게 챙겨서

렌트한 페라리를 몰고 홀쩍 떠나는 아침이네
　　　　—「토스터에서 식빵 대신 주먹이 튀어오르던 날,
　　　　　　　마녀는 오이를 썰어 피클을 담갔지」 부분

달큰하고 쩐득쩐득한 디저트가 신체에 각인된 폭력을 선
명히 비추기 위한 대리물이며 많은 경우 훼손되고 짓뭉개
진 신체 자체를 지시하는 잔혹한 매개물이었다면, 인용한

시에서 확인할 수 있는 것과 같은 시큼한 애피타이저는 철저히 화자 자신의 식욕과 목소리를 위한 것으로 새롭게 등장한다. 오래된 수모와 폭력을 "병" 속에 가두고 오랜 시간 삭히고 가라앉혀 식욕을 돋우는 애피타이저로 만들어내는 장면에서, 화자는 처음으로 식욕과 미감의 새로운 주체가 된다. 박세랑의 시가 감각적으로 펼쳐내는 요리와 관련된 상상력은 주로 디저트와 애피타이저에 한정되는데 요리의 중심이 되어야 할 메인디시란 끔찍하고 고통스러운, 아직 어떤 말로도 형상화될 수 없는 수치와 치욕의 시간을 지시하기 때문이다. 박세랑의 화자들은 끈적끈적하게 달라붙어 쉽게 털어지지 않는 디저트로 지난 관계의 오명과 모멸을 청산하고, 치욕의 육중한 무게를 비틀어 만들어낸 애피타이저로 온전히 자신만을 위한 새로운 식사와 식욕을 발명해내려 한다.

물론 화자가 도달하려는 새로운 식욕이란 그리 소란스러울 만큼 대단한 것이 아니다. 그의 화자들은 단지 "자기 덩치보다 더 거대한 식욕이 끔찍해서" 무엇 하나 거창할 것 없는 "쭈쭈바"(「쭈쭈바를 빨면서」)나 빨 뿐이지만, 이는 현실에 타협하여 얻어낸 질 떨어지는 대체품이 아니라 자신의 얼굴에 눌러붙은 치욕들을 되레 멋지고 먹음직스러운 것으로 뻔뻔하게 돌려세우는 경쾌한 유머("누가 내 머리 좀 먹음직스럽게 깎아주세요", 「바가지 머리」)로 만들어낸 저항의 응축물이다. "난 뾰족하게 웃는 모서리가 돼야지", "뒤뚱

뒤뚱 잘못 걸어야지"(「뚱한 펭귄처럼 걸어가다 장대비 맞았
어」)라든가 "씨익 웃고,/ 버르장머리 없이 살아야지"(「바가
지 머리」)와 같이 박세랑의 시를 가득 채우고 있는 도발적인
저항의 몸짓과 목소리는 스스로를 앙그러지고 당당한 새로
운 미감으로 주장하고 선언함으로써("얼굴맛 좀 볼래?/ 얼
굴맛 좀 볼래?", 「독수공방 실수 같은 세모씨」) 부정적 탐
식의 폭력성을 응시하고 고발하는, 어떤 개념으로도 규정지
을 수 없는 정체불명의 식욕이라는 새로운 정체성과 주체성
에 도달하게 된다.

3.
    이쯤 해서 행복한 동화 속 결말에 도달했으면 싶지만 문제
는 그리 간단하지가 않다. 현실은 그대로인데 식욕이라는,
어떤 경우에도 타협할 수 없는 고집 하나를 스스로가 초래
한 형벌처럼 갖게 되었으니 말이다. 우선 생각해볼 수 있는
것은 이 새로운 식욕을 위한 재료 수급 문제다. 치욕을 비
틀어 만들어낸 먹음직스러운 식욕은 아이러니하게도 싱싱
하면서도 숙성된 치욕을 재료로 한다. 물론 수치나 모욕이
야 멀리 찾지 않아도 사방에 널려 있지만 그렇다고 해서 아
무 치욕이나 가져다 쓸 수 있는 것은 아니다. 치욕을 다듬
고 조리하는 일류 마녀들은 저마다 최선의 재료 감별법과
손질법을 비법처럼 갖고 있기 때문이다. 각각의 요리엔 매
번 처음 상처받는 것처럼 선명하게 깨어질 새 얼굴이 필요

하며 박세랑의 마녀들은 원한다면 언제든 수만 개의 얼굴을 만들어낼 수 있는 능력과 자부심으로 가득하다. 가장 신선한 치욕을 확보하기 위해, 다른 의미에선 어떤 치욕도 얼굴이라는 너무 쉬운 정체성을 온전히 잡아먹지 못하도록 박세랑의 화자들은 치욕에 녹아내린 얼굴을 모조리 뜯어낸 채 그 위에 수없이 갈아끼울 수 있는 꾸며낸 얼굴을 마녀의 주문으로 덮어씌운다.

오늘은 입술이 귀에 걸린 약속이 있지

옆집 할머니한테 물려받은 것까지
내 얼굴은 팔십 개가 넘는데, 표정 관리는 어느 뷰티 숍에 맡길까?
소풍 가기 딱 좋은 날씨인데

(……)

나는 얼굴 한두 개쯤은
더 깨져도 안 아픈데
—「마녀의 거울」부분

생생한 치욕을 얻기 위해서라면 치장과 몸단장도 마찬가지로 훌륭한 미끼가 된다. 치욕이 부글부글 끓고 있는 마녀의 식탁 앞에서 "머리하고 구두를 신고"(「인형 병원」) "미모를 갱신"(「뾰족한 지붕들이 눈을 찌르고 귀마개를 뺐더니 아무도 나한테 말을 안 걸고」)하며 최선을 다해 스스로를 단장하는 건 단순히 상처를 부인하거나 감추기 위해서가 아니다. 최고의 치욕을 재료로 휘황찬란한 식욕의 수프를 끓이고 싶어하는 엄격한 자부심과 깐깐한 고집을 포기할 수 없기 때문이다. 이처럼 재료로서의 얼굴 손질이나 몸치장은 화자 스스로도 할 수 있는 일이기에 쏟아지는 모욕적인 시선들에도 불구하고 그나마 견뎌낼 만한 것이다. 하지만 능숙한 연기와 변검술로 거의 완벽하게 커버하고 손질할 수 있는 앞모습과 달리 결코 직접 볼 수도 손질할 수도 없는 뒤통수라면 얘기가 달라진다. 〈오즈의 마법사〉의 서쪽 마녀가 도로시가 끼얹은 물 한 바가지에 흔적도 없이 녹아내렸던 것처럼 아무리 고약한 마녀라도 치명적인 취약점 하나쯤은 갖기 마련이고, 박세랑의 마녀들에게 이는 다른 무엇보다도 "걸레처럼 냄새나는" "뒤통수"(「모자가 잡아먹는다」)로 요약된다. "찌르고 쩔리고 내일 또 아프고 싶"(「독수공방 실수 같은 세모씨」)어 치욕의 상징 같은 "삼각김밥 머리"(「삼각김밥 머리」)를 좋아하고 사랑하지만 혼자선 도저히 어쩌할 도리가 없으니 믿고 머리를 맡길 다른 마녀("전지가위 입에 물고 있는 언니", 「빗자루」)의 도움을 받을 수밖에 없는데, 박세랑의 화자들은 자주 이들에게 뼈아픈 배반을 당하고 만다.

언니 내 머리는요?

    펑!
         펑!

     펑!

악몽은 빗자루가 되어 공중으로 붕 날아오른다

나는 왜 뒤통수를 아무한테나 맡길까…… 웃고 떠들고 몰려다니다보면 뒤통수는 왜 남아나질 않는 걸까 문은 계속해서 열려 있는데 누군가를 믿으려면 힘이 있어야 하는데…… 거울 속에서

우뚝 솟아오른 담벼락을 본다

무너지고 싶어 간신히 등을 비틀어보면, 언니는 중화제를 뿌린다 전염되면 소매 끝에 악몽을 대롱대롱 매달게 될까봐

—「빗자루」 부분

간이랑 쓸개는 누구한테 털린 거니?

오토바이처럼 날쌔게 지나가던 애인한테요

퍽치기를 당했는데요 문밖에서 맨발로 뛰고 있던 친구

들이요 결승점에서 뒤통수 차버리던데요

　　　　　　　　　　　—「빨랫줄에 걸렸네」 부분

　받아들일 준비가 되어 있지 않은 치욕은 식욕의 발명 이
후에도 여전히 치명적인 위협으로 남는다. 당당하면서도 경
쾌했던 애피타이저는 메인디시로 나아가지 못한 채 중단되
고 뒤통수를 가격당한 치욕은 손질하기 까다로운 복어의 독
처럼 위험하고 위태롭게 내부에서 증식해간다. 그나마 「빨
랫줄에 걸렸네」의 화자에게는 손질에 실패한 치욕을 "머
리에서 발끝까지" "꼭 쥐어짜"야만 직성이 풀리는 마녀 같
은 "엄마"라도 곁에 있지만 대부분의 화자들에겐 "전염되
면 소매 끝에 악몽을 대롱대롱 매달게 될까봐" "중화제를
뿌"(「빗자루」)리고 차갑게 돌아서는 싸늘하고 적대적인 시
선만 허락될 뿐이다. 그렇다고 해서 마녀의 식탁 자체가 폐
쇄되거나 어렵게 얻어낸 고유의 식욕이 폐기되는 일은 일어
나지 않는다. 오히려 그처럼 온 힘을 다해 누군가를 믿고 멋
지게 배신당하고 온 날, "뷰티 스쿨 정원사에게 내 목숨을
맡"기고 "꿈 밖으로 튀어나온 사지가 예쁘게 잘려나간 날",
박세랑의 화자는 "함께 배꼽을 열어젖히고 잔치"(「붉은 솥
단지」)를 열 것을 숨가쁘게 외쳐댄다. 비록 깊고 아린 저마

다의 상처를, 정성 들여 준비해온 서로의 음식처럼 정답게
나누고 함께 캄캄히 씹어 삼킬 그날은 너무도 멀고 아득하
지만, 박세랑의 화자들은 오지 않을 미래와 이미 와버린 미
래까지 모두 마녀의 솥단지에 시원하게 쏟아부은 채 그 치
사량의 독을 한없이 젓고 또 저어가며 오늘을 견뎌낼 따뜻
한 수프 하나를 정성 들여 끓여낸다.

4.

박세랑의 시가 보여주는 경쾌함과 뜨거움은 상처와 치욕
의 늪에 결단코 삼켜지지 않으려는 매번의 안간힘과 불굴의
용기로부터 비롯된다. 치욕에 으깨어진 몸을 반죽해 끈적끈
적한 디저트로 구워냄으로써 아직 채 끝나지 않았던 폭력의
식사에 안녕을 고하고, 오욕에 짓밟힌 얼굴과 몸을 더 당당
히 드러내고 자신만의 고유한 식욕에 도달하기 위한 시큼한
애피타이저를 한가득 발명해냄으로써 상처의 심연에 오래
도록 정박해 있던 삶의 중심을 고착된 경계의 바깥으로 조
금씩 옮기기 시작한다. 그의 화자들이 보여주는 이 도저한
활력과 명랑함은 아이러니하게도 치욕에 뭉개지다못해 거
의 녹아내리기까지 한 얼굴과 여기저기 듬성듬성 잘려나간
휑한 앞모습에 의해 현상되는데, 무슨 수를 써서라도 치욕
의 바닥을 짚고 일어서려는 몸부림은 그 모든 노력에도 불
구하고 뒷모습이라는 치명적인 급소를 벗어날 수 없는 운명
처럼 속절없이 노출해버리고 만다. 함부로 바라봐서도 마음

껏 이해해서도 안 될 이 치욕의 뒷모습은 공감과 이해라는 말의 마법에 대해 우리가 결코 던지고 싶어하지 않았던 질문의 언저리를 툭툭 건드린다.

어항은 깨진 채로 길가에 버려지고

뭉개진 저런 걸 누가 치우겠냐며

대낮에 도로 위에서 치여 죽은 금붕어를 못 본 척한다

아이를 안은 슬픔이 한쪽으로 치우쳐

걸어가는 어깨가 비틀리고

겪어보지 않으면 전부 남의 고통인 거지?

펄떡이는 비명을 손바닥에 올려놓는다

꽉 움켜쥐자 사방이 얼음처럼 녹아내린다

　　　　　　　　　　　　　　　　　—「벼랑」 부분

"겪어보지 않으면 전부 남의 고통"이라는 말은 단지 비난을 위한 말만은 아닐 것이다. 아무리 노력하겠다고 당신

139

의 입장에 서보겠다고 힘주어 결심을 해도 자신이 겪지 않은 고통은 너무도 멀고, 그래서 역설적으로 너무 쉽게 이해되고 만다. 물론 이는 온전한 이해가 아니라 이해를 위한 이해이며 마음의 짐으로부터 서둘러 달아나기 위한 값싼 이해에 불과할 것이다. 당신을 이해한다는 편리한 말 앞에서 동정이든 공감이든 계산은 순식간에 끝이 나고 감정의 거스름돈은 거래를 끝낸 자의 손바닥에 동전 하나 빠뜨리지 않고 정확히 되돌아온다. 셈을 모르는 고통은, 끌어안는 이마저도 치욕의 중심을 향해 곤두박질치게 할지 모를 위급하고 위중한 삶의 "벼랑"들은 아무리 짧은 순간이라도 이런 손바닥엔 결코 머물 수가 없다. 아니 절대로 머물러선 안 된다.

이러한 까닭에 박세랑의 화자들이 온 힘을 다해 씩씩하게 토해낸 그 멍든 말들에 대해 이해한다고는 도저히 말할 수 없을 것 같다. 그래선 안 될 것이다. 섣불리 알 것 같다고 많이 아팠겠다고 적당히 공감하는 척 능숙히 발을 빼버릴지 모를 내 안의 뻔뻔함과 천연덕스러운 무능을 용서하지 않기 위하여 차라리 모르겠다고, 당신의 고통을 정확히 알아줄 수가 없다고, 그래서 너무도 미안하다고 말해야 할 것이다. 박세랑의 마녀들이 보여준 화려한 치욕의 스펙터클이 사라지고 난 뒤에는 인용한 시에서처럼 정제된 "비명"만이 좁디좁은 "손바닥" 위에 처연히 남는다. 이 비명들을 당신처럼 "꽉 움켜"쥔 채 언제까지라도 놓치지 않을 수 있기를, 그의 문장이 선물해준 치욕의 요리들이 영혼의 내장 가득 치유

될 수 없는 독처럼 번져 수억의 밤이 지나도 부디 지워지지
않기를 간절히 기도하고 꿈꾸어본다. 치욕이 자라는 소리로
온밤이 팽팽히 부풀어오른다.

박세랑 2018년 『문학동네』를 통해 등단했다. 그림책으로
『울퉁불퉁 구덩이』 『라면 머리 아줌마』 『깔깔 주스』가 있다.

— 문학동네시인선 165
뚱한 펭귄처럼 걸어가다 장대비 맞았어
ⓒ 박세랑 2021

— 1판 1쇄 2021년 10월 29일
1판 2쇄 2021년 11월 30일

지은이 | 박세랑
책임편집 | 이재현
편집 | 강윤정
디자인 | 수류산방(樹流山房)
본문 디자인 | 유현아
마케팅 | 정민호 이숙재 우상욱 정경주
홍보 | 김희숙 함유지 이소정 이미희
제작 | 강신은 김동욱 임현식
제작처 | 영신사

펴낸곳 | (주)문학동네
펴낸이 | 염현숙
출판등록 | 1993년 10월 22일 제406-2003-000045호
주소 | 10881 경기도 파주시 회동길 210
전자우편 | editor@munhak.com
대표전화 | 031) 955-8888 팩스 | 031) 955-8855
문의전화 | 031) 955-3578(마케팅), 031) 955-1920(편집)
문학동네카페 | http://cafe.naver.com/mhdn
트위터 | @munhakdongne
북클럽문학동네 | http://bookclubmunhak.com

ISBN 978-89-546-8267-1 03810

www.munhak.com
— **문학동네**